Carol Dias

SÉRIE LOLAS & AGE 17 – PARTE 8

Ninguém Vai Saber

1ª Edição

2022

Direção Editorial:	**Preparação de texto:**
Anastacia Cabo	Fernanda C. F de Jesus
Gerente Editorial:	**Revisão final:**
Solange Arten	Equipe The Gift Box
Ilustração:	**Arte de Capa e diagramação:**
Thalissa (Ghostalie)	Carol Dias

Copyright © Carol Dias, 2022
Copyright © The Gift Box, 2022

Todos os direitos reservados.
Nenhuma parte do conteúdo desse livro poderá ser reproduzida em qualquer meio ou forma – impresso, digital, áudio ou visual – sem a expressa autorização da editora sob penas criminais e ações civis.

Esta é uma obra de ficção. Nomes, personagens, lugares e acontecimentos descritos são produtos da imaginação da autora. Qualquer semelhança com nomes, datas ou acontecimentos reais é mera coincidência.

Este livro segue as regras da Nova Ortografia da Língua Portuguesa.

CIP-BRASIL. CATALOGAÇÃO NA PUBLICAÇÃO
SINDICATO NACIONAL DOS EDITORES DE LIVROS, RJ
Gabriela Faray Ferreira Lopes - Bibliotecária - CRB-7/6643

D531d

    Dias, Carol
        Deixa ; Ninguém vai saber / Carol Dias. - 1. ed. - Rio de Janeiro : The Gift Box, 2022.
        168 p.

    ISBN 978-65-5636-161-1

        1. Romance brasileiro. I. Título: Deixa. II. Título: Ninguém vai saber.

22-76989   CDD: 869.3
                            CDU: 82-93(81)

Nota da autora

Querido leitor,

Este livro foi escrito com base em pesquisas no Google, séries e *reality shows* sobre a cultura indiana. Qualquer erro ou incongruência, peço desculpas. Apesar de ser ficção, espero ter retratado da forma mais fiel e respeitosa possível, mas, se não o fiz, sinta-se livre para me procurar por e-mail: caroldiasaut@gmail.com!

Beijos,
Carol Dias.

Primeiro

Comigo é na base do beijo, comigo é na base do amor. Comigo não tem disse me disse, não tem chove e não molha, desse jeito que sou.
Na base do beijo - Ivete Sangalo

24 de maio de 2019.

— Não se esqueça do encontro amanhã, meu filho. Às 11h, como me pediu. Estaremos todos lá. Quero que conheça a moça. Me ligue quando puder — minha mãe encerrou o áudio.

A minha vida ficou mais… fácil. É, acho que posso dizer isso.

Não que o mundo tivesse se aberto desde o dia em que encerramos o contrato com a gravadora e que magicamente todos os meus problemas tivessem sido resolvidos, sabe? Mas da lista de todas as coisas que me mantinham acordado à noite, dar adeus ao Connor e a todos os envolvidos na nossa antiga gestão riscou algumas das questões ali escritas.

Conseguimos um acordo razoavelmente bom. Não estava 100% selado, mas tinha caminhado bem. Gary era um bom advogado. Nossas *masters* antigas ainda estão com a gravadora, o que significa que o direito para usar todas as canções que já lançamos até hoje é deles. Seja para as comercializar em filmes, produtos, marcas ou apresentações, nós não podemos exigir nada do nosso trabalho. Sabemos que é horrível, mas Gary conseguiu que no distrato constassem os valores estipulados para que pudéssemos comprar todas as *masters*. E faríamos isso, só não agora, quando tínhamos dinheiro limitado para investir. Até para apresentações nós tivemos que pedir permissão para cantar essas músicas, porém também havíamos negociado o uso delas em nossos shows e turnês. Por enquanto essa parte estava resolvida.

Fomos obrigados a lançar o último álbum que ainda estava em nosso contrato. Gary não tinha definido isso no acordo, mas a gravadora insistiu e não cedeu. Como havia outras coisas que Gary tinha conseguido para nós, concordamos com a cláusula. Foi uma negociação apertada. Desde que voltamos do Japão e recebemos a notícia, passamos dia e noite em estúdio. Minha mãe reclamou bastante por eu ter sumido e deixado a família de lado, mas não havia nada a ser feito. Estávamos focados.

Aquele não era o nosso melhor álbum, mas, honestamente, só queríamos entregá-lo. No dia em que terminamos as gravações, fomos os cinco para a casa de Mase e bebemos. Ficamos tão bêbados que não me lembro de boa parte da noite. Acordei no chão da sala, com meus amigos caídos em outras partes da casa. Foi divertido.

Não a ressaca, essa parte nunca é legal.

Concordamos então em fazer algo que merecíamos, depois de tanto esforço: tirar férias. Claro, não imediatamente. Em 2020. Esse seria o ano em que teríamos mais dias livres do que de trabalho. Não faríamos turnês, apenas apresentações específicas, programas de TV, festivais. Gravaríamos nosso primeiro álbum sem as amarras da gravadora, decidindo tudo por nós mesmos.

Quando a notícia do fim do contrato saiu no mercado, começamos a receber ofertas de várias gravadoras. Estávamos estudando, pensando qual seria a melhor. Não tínhamos interesse em assinar outro contrato abusivo. Erin foi a diversas reuniões por nós durante os dias em que estivemos no estúdio. Ela trabalhou muito, mas parecia imensamente feliz junto a Noah. E se meus amigos estavam felizes, eu também estava.

Acho que, no geral, todos os meus amigos estavam felizes. O mesmo peso que saiu dos meus ombros saiu dos deles, por motivos diferentes. É claro que a vida pessoal e amorosa de cada um poderia ser uma situação à parte. Por exemplo, difícil dizer se Mase estava feliz ou não. Ele gostava de manter sua vida pessoal para si. Não era muito de dividir. Owen e Layla pareciam com problemas no paraíso, situações que eu nem sequer conseguiria começar a entender, já que a experiência deles com a gravadora ao longo dos anos foi bem diferente da minha. Mas Finn parecia feliz, apesar de estar longe de Paula. E do Noah eu nem preciso falar nada... O cara andava como se estivesse flutuando.

Minha mãe ficou em êxtase quando soube do fim do contrato da banda. Ela sempre se preocupou em conseguir um bom casamento para todos os filhos, até mesmo eu, o cantor indiano de uma *boyband*. Lidar com as diferenças culturais era um desafio, mas eu acreditava estar me dando bem.

Apesar de meus pais viverem há muitos e muitos anos na Inglaterra e de o meu nascimento ter sido aqui, estar em casa era como estar em um pedacinho da Índia.

A situação financeira do meu pai era muito boa, e nossa casa ficava em um terreno enorme. Diferentemente das famílias ocidentais que preparam seus filhos para que saiam de casa após certa idade, boa parte da nossa família na Índia divide o mesmo teto. Tios, primos e várias outras pessoas residem no mesmo ambiente. Aqui, todos morávamos no terreno dos meus pais, mas em casas diferentes. Eu já tinha a minha quase totalmente construída, para quando me casasse.

No passado, quando assinei meu primeiro contrato, meu pai chegou em casa e contou para a minha mãe que relacionamentos eram proibidos. Ela achou bom de início, porque eu me guardaria para a minha esposa, mas depois ele contou que eu também não poderia me casar, então os dois tiveram uma briga horrível. Ela o culpou durante todos esses anos, mas meu pai insistia em ter feito o melhor para o meu futuro. Mês passado, quando veio a notícia de que haviam mentido sobre o contrato, minha mãe nem sequer perdeu tempo em reclamar ou pestanejar por meu pai ter permitido a si ser enganado. Ela estava muito feliz por poder arranjar um casamento para o filho mais novo.

Que fique bem claro que essa questão do casamento arranjado, como os ocidentais costumam chamar, não é um pesadelo para mim. A cultura indiana é diferente e eu respeito isso. Nós entendemos que o casamento não tem nada a ver com amor. Para um matrimônio durar, é preciso bem mais do que um sentimento que une duas pessoas. E se não houver amor, tudo bem. Pode haver companheirismo, amizade, troca. Pode haver paixão.

Então, sim, eu aceitaria me casar com uma mulher escolhida por alguém da minha família. Minha única preocupação era que combinássemos. Que nos gostássemos.

Eu iria a quantos encontros fossem precisos até encontrar o *match* perfeito.

Não era isso que as pessoas faziam em aplicativos de relacionamentos? Em encontros às cegas?

> Ok, mãe, estarei em casa.

Essa era outra coisa comum na cultura indiana. Não é apenas o homem que se casa com a mulher e vice-versa; é um casamento que envolve toda a família. Foi por isso que concordei que o primeiro encontro com a garota que minha mãe queria me apresentar fosse em um almoço na casa dos meus pais, com todo mundo reunido. Eu poderia conhecer a moça e não teria que fazer toda a conversa com ela. Apesar de querer falar, eu não gostava. Ficar calado era muito mais simples.

Desci do Uber à porta do meu destino, uma mansão enorme na Grande Londres. Completamos um mês longe das garras da antiga gravadora essa semana, e Erin havia sugerido que fizéssemos uma pequena confraternização. Claro que, com o dom de organização da mulher e a boa vontade da equipe, acabou se tornando uma festança.

Suspirei na entrada do salão, vendo todas aquelas pessoas reunidas. Eu só queria uma cerveja e uma boca para beijar. Ok, talvez bem mais cervejas do que uma, mas estava satisfeito com uma boca para beijar, apesar de ter ciência de que ali naquela festa não seria tão fácil.

De início, pensei que seria apenas a nossa nova equipe, mas na festa estavam amigos da banda, pessoas que nos apoiaram na carreira e as namoradas. Por namoradas me refiro à Layla, Erin e Paula.

— Foi-se a época em que nós dois beijávamos na boca e eles ficavam reclamando — Mase murmurou, parando ao meu lado e apontando para os casais com a cabeça.

— S-só ge-gente conheci-cida por aqui. Co-como va-vamos ficar com algué-guém?

Ele riu, negando com a cabeça.

— Não vamos, mano. Supere essa. Mas pelo menos nós dois podemos sair desta festa mais tarde e curtir em alguma boate. Não somos mais prisioneiros do Connor.

Mase e eu estávamos acostumados a fugir. Ao longo dos anos, nossos seguranças nos ajudaram muito, deram cobertura para muita coisa. Tínhamos nossas estratégias de como estar em um lugar e pegar garotas sem nos expormos. Mesmo que Connor nos segurasse com rédeas curtas, éramos os reis das escapadas. Owen tinha namorada, e Finn e Noah eram muito preguiçosos. Restava apenas que nós dois nos uníssemos.

Eu tinha plena noção do meu futuro, em um casamento com uma indiana aprovada por minha família. Por isso queria usar minha juventude para aproveitar cada momento possível. Beijar várias, dormir com algumas. Enquanto não encontrava a mulher prometida, aproveitava o amplo leque de opções que surgiam na minha frente.

Mas, como Mase bem disse, não seria na festa da firma.

A noite passou devagar e acabei me divertindo. Havia álcool, meus amigos e música alta (o que sempre era motivo para eu não ter que falar com ninguém).

— Vamos. — Mase chegou apressado, batendo nas minhas costas. — Já falei com o Kenan, ele vai levar a gente. Mas temos que ir logo, porque você sabe que só pode entrar até às três.

Chequei meu relógio. Já passava das duas da manhã. Bebi o que sobrara da cerveja e me levantei para ir com ele.

Antes que pudéssemos fugir, Erin brotou do nada.

— Vocês estão indo embora sem se despedir? — Ela colocou a mão no coração, como se aquilo a ferisse profundamente. Após conviver com a garota por um mês praticamente o dia inteiro, eu sabia que havia um pouco de fingimento.

— Surgiu uma coisa — explicou Mase.

— Aham, sei. — Ela rolou os olhos. — Kenan já me falou. Enfim, divirtam-se e usem camisinha. É preciso que vocês respondam aquele e-mail até segunda, na nossa reunião. Não tenho mais como adiar. Deem pelo menos uma olhada nas primeiras páginas do arquivo.

— D-do que você está-tá falando-do?

— Eu vou reencaminhar. E mandar um print no seu WhatsApp. Mas, por favor, não se esqueçam.

— Eu sei o que é, pode deixar que explico a ele.

Erin jogou beijos no ar para nós e se foi. Acenando, nós deixamos o local. Sentados no banco de trás do carro, com Kenan no volante, meu amigo puxou o telefone do bolso e me mostrou do que ela estava falando.

De: erin@agesoffice.com
Para: finn@agesoffice.com; noah@agesoffice.com; luca@agesoffice.com; owen@agesoffice.com; mase@agesoffice.com

Assunto: ROTEIRO | Seja meu para sempre

Boys,

Recebemos esse roteiro de um filme que está sendo adaptado para o streaming. Aparentemente, é um livro que foi adaptado de uma fanfic sobre vocês. O sonho das suas fãs e de toda a equipe é que os cinco atuem na produção. Como qualquer projeto que chega, informei que apresentaria a proposta. Li o roteiro e achei a história bem divertida e interessante. Leiam com calma e me respondam o que acham. Vocês têm duas semanas para me responder.

Obrigada,

Erin Agatsuma.

Atuar. Em um filme. Que era uma fanfic sobre nós.
Puta que pariu, eu preciso de outra cerveja.

Segundo

Baby, I just ran out of band-aids. I don't even know where to start, 'cause you can't bandage the damage. You never really can fix a heart.

Baby, meus band-aids acabaram. Eu não sei por onde começar, pois você não pode fazer curativo neste ferimento. Você nunca realmente pode consertar um coração.
Fix a heart - Demi Lovato

27 de maio de 2019.

  Estacionei o carro na rua do nosso escritório, apesar de que o que eu queria fazer era voltar para casa e dormir. Em quase todas as manhãs de segunda-feira, nós nos reuníamos para resolver questões burocráticas. Não seria assim para sempre, por conta das viagens e tal. Mas eu sentia falta de não ter o compromisso de começar cedo a semana. Preferia que ela iniciasse depois do meio-dia.

  Como sempre, havia uma mensagem da minha mãe. Ela avisava que já tinha dito à empresa que estava procurando pretendentes para mim que o encontro de sábado não tinha dado certo e que gostaríamos de mais opções.

  Eu não diria que foi um desastre, mas também não chegou nem perto de ser bom. Eu estava exausto da noite anterior, com uma enxaqueca monstruosa. A mulher tinha uma risada estridente, que eu simplesmente não conseguiria suportar até o fim dos meus dias. Apesar do currículo impecável e de ser estonteante, simplesmente não daria certo.

  Mas a casamenteira que estava procurando as moças para nós disse que isso era normal. Que, no papel, duas pessoas podem ser perfeitas uma para a outra, mas que apenas frente a frente era possível saber se o encontro daria certo.

Era como no Tinder: às vezes, você encontra alguém com o perfil perfeito e recebe um Super Like; só que na hora em que você vê o outro pessoalmente... simplesmente não funciona.

Entrei no prédio da Age's Office e acenei para o porteiro. Nossa sala ficava no sexto andar e ainda estava em reformas, mas Erin passava quase o dia inteiro lá, e outras pessoas da equipe também já tinham começado a trabalhar. Também havia uma sala de reuniões, onde nós nos reunimos nas segundas-feiras. Ou em qualquer outro dia que fosse necessário.

Todos pareciam muito ocupados quando cheguei, então apenas acenei para os que vi e murmurei um bom-dia, direcionando-me para a sala de reuniões. Todos estavam lá, à mesa de mogno para dezesseis pessoas. A parede do corredor e a janela eram de vidro, assim como em toda a empresa, mas essa era a única sala com o tal vidro polarizado, em que a gente apertava um único botão e ele ficava embaçado. Como algumas das nossas reuniões seriam confidenciais, isso nos dava privacidade. Hoje a função estava ativada, afinal, coisas importantes seriam discutidas.

O nome da banda, por exemplo.

Como Gary temia, a gravadora não cedeu o seu direito de usar Age 17. Era possível até que eles encontrassem novos integrantes para continuar a banda, mas eu não estava pronto para lidar com isso ainda. A questão é que precisávamos de um novo nome. Pensamos em várias coisas, todas elas usando a palavra Age. Hoje faríamos a votação. Além dos meus companheiros de banda, estavam presentes na sala: Erin, Audrey, do marketing, e Grace, assessora de imprensa. As duas trabalharam conosco por anos, mas foram demitidas por Connor. Felizmente, quando Erin entrou em contato, elas aceitaram prontamente. As três mosqueteiras, como os caras começaram a chamá-las, prepararam apresentações com defesas de todos os nomes e estavam afiadas nos discursos.

Age.

Age 22 (já que agora a maioria de nós tinha 22 anos, não mais 17).

We are Age.

Agers (como nossos fãs se chamam).

Our Age.

Eu não era fã de nenhum, mas simplesmente odiava alguns dos nomes. Seria difícil desapegar daquele que há tanto tempo carregávamos, porém nós faríamos o que fosse necessário.

Mas infelizmente não conseguimos chegar a um acordo. As votações terminaram empatadas e ninguém queria ceder. Foi quando Grace deu uma sugestão de ouro:

— Vamos deixar os fãs escolherem. Criamos um site *escolhaonovonome.com* ou algo do tipo, colocamos as opções e permitimos que eles decidam de qual gostam mais. Vocês podem divulgar em seus perfis, já que não temos mais acesso às contas da banda.

— Eu gosto da ideia — comentou Finn. — Os fãs sentirão que participaram do processo e nós podemos focar em tomar outras decisões.

— Mas precisamos decidir se existe algum nome que simplesmente odiamos — começou Noah. — Porque conviver para sempre com um que odiamos, caso os fãs escolham, será horrível.

Pensei bem. Eu, na verdade, só gostava mesmo de Age. Pura e simplesmente. Para não ser o chato, deixei que o barco seguisse. Ninguém pediu para excluirmos nada.

— Tudo bem. Sendo assim, vou me reunir com a equipe e vamos trabalhar na campanha — Audrey garantiu.

— Nosso próximo assunto é o roteiro do filme que eu mandei para vocês — abordou Erin. — Leram? O que acharam?

— Gostei do projeto, acho que pode ser uma boa para nós — Owen opinou.

— Não é muito a minha, para ser sincero. Eu não veria um filme daquele, mas não sou o público-alvo — explicou Mase.

— Na minha opinião é uma boa ideia, as fãs iriam gostar. Se vocês quiserem, tudo bem por mim — Finn disse.

— Não acho que eu seja um bom ator, mas posso tentar se todos toparem — Noah garantiu.

Todos ficaram me encarando. Era óbvio, porque os quatro já tinham opinado. Mas eu simplesmente não queria dizer nada por dois motivos: não queria falar na frente de Grace e Audrey, e porque minha opinião era diferente da de todos eles.

— Luca? — Erin insistiu.

— Não.

Depois de alguns segundos de silêncio, Mase me deu uma cotovelada.

— Quer elaborar?

Eu respirei fundo por alguns segundos, formando as palavras na cabeça antes de pronunciá-las.

— Não é, hm, a minha-a… a minha-a… praia.

Quando não ofereci mais nenhuma explicação, Erin me analisou. Ela era boa nisso. Acenando, deu prosseguimento para outros assuntos importantes. Entrevistas, planejamento para nosso retorno com novo nome aos palcos, os compromissos em premiações e outras coisas. No final, Grace e Audrey deixaram a sala. Erin pediu para ficarmos, porque queria discutir mais alguns assuntos.

— Eu não queria conversar sobre isso com a Grace aqui na sala, porque são assuntos pessoais de vocês, e alguns deles eu só sei pois acompanhei o processo do fim do contrato. Então, antes quero ouvir o que vocês têm a dizer e se me autorizam.

Nós cinco a encaramos, um pouco preocupados. Na minha cabeça, pelo menos, mil coisas passavam. Mil possibilidades. Ela desligou a projeção que fazia e encarou cada um de nós.

— O que é, bebê? — Noah perguntou, passando o braço por trás da cadeira de Erin.

— Precisamos conversar sobre a imagem de vocês. Como a Age vai se mostrar daqui para frente. Porque, durante todos esses anos, a gravadora quis esconder quem vocês cinco eram de verdade, podar o jeito de ser de cada um. Mas vocês estão livres agora e, se quiserem falar sobre o que passam, a hora é esta.

— Seja mais específica — pediu Mase.

— Owen, eu só descobri que você é bissexual depois de Connor ter te ofendido. Noah, tivemos várias conversas sobre o que você sente por ser um homem negro. Luca, eu só soube que você era gago quando nos conhecemos pessoalmente. Você nunca fala em entrevistas. Finn, você está há tempos escondendo seu lado mais sensível, sua vontade de construir uma família. Mase, você se importa com coisas que as pessoas simplesmente não imaginam. Eu não quero que ninguém se exponha, que se mostre para o mundo sem estar preparado, sem ter vontade. Mas, caso queiram mostrar isso ao público, acho que esse é um bom momento. — Ela respirou fundo. — Quero que pensem na imagem que vamos passar de vocês nesta nova fase. Acho que é hora de o mundo saber realmente quem são os cinco homens por trás da Age 17. Que não é mais 17. Mas deu para entender.

Caramba.

Olhando para os meus amigos, pude ver que todos estavam surpresos. Realmente, guardamos segredos sobre nós mesmos por muito tempo, deixamos que as pessoas soubessem apenas o superficial. A gravadora nos fez mentir *muito*, sobre *inúmeras* coisas.

— Eu não sei se tem a ver, mas... — Finn procurou as palavras. — Quero me envolver com causas relacionadas à educação. Quero que as pessoas vejam esse lado meu.

Imediatamente, Erin puxou o computador para si e começou a digitar.

— Eu ia mostrar algumas coisas para vocês, e esse era justamente o tema que eu tinha escolhido para você, Finn. — Ela sorriu de leve. — Prossiga.

— É nisso que consigo pensar no momento. Era algo que eu já queria fazer, mas não via espaço com a antiga gestão da banda.

— Se você pensar em mais coisas, diga. Vou pedir para a Audrey apresentar opções de ONGs e projetos que você possa apoiar. — Ela deu um sorriso a ele e continuou: — Mais alguém?

— Acho que essa pode ser uma boa hora para sair do armário. — Owen coçou a cabeça. — É claro que vocês e todas as pessoas que mais me importam sabem disso, mas sempre quis dizer aos fãs, e a gravadora repudiou a ideia. Porém, quero falar com Layla antes de tomar qualquer decisão, porque é minha namorada e pode respingar nela de alguma forma.

— Owen, não quero que você se sinta pressionado nem nada. Sua sexualidade não é da conta de ninguém — Erin afirmou.

— Mas eu quero. — Suspirou. Em seus olhos havia uma certeza diferente. — Sempre quis. Acho que quanto mais vozes na comunidade, melhor. Mostrar para as pessoas que o B de LGBT não é de Beyoncé.

Todos nós rimos. Eu estava feliz por Erin ter puxado aquele assunto apenas com nós cinco, sem mais ninguém. Aumentou a confiança na gente — em mim, pelo menos — para falar sobre temas que são nossos maiores segredos.

A minha audição no programa foi cortada, totalmente editada. Eu tinha ensaiado muito o que diria, como me apresentaria, para gaguejar o mínimo. Mas foi ao ar junto a outros candidatos, e a única coisa que eu falei foi meu nome. Na fase seguinte do programa, só apareci quando já estavam reunindo a banda. Dali em diante, os rapazes respondiam as perguntas em entrevistas e nunca falei com a mídia sozinho, então as pessoas não sabiam de verdade que eu tinha um problema de fala. Suspeitavam, mas ninguém conseguiu confirmar.

Apenas a equipe mais próxima sabia, mas todos tinham um contrato de confidencialidade.

Se eu estava pronto para revelar meu segredo ao mundo? Não, definitivamente não. As pessoas não têm paciência para ouvir alguém gaguejar. Acho que, até hoje, a única que lidou bem foi Erin. Até os caras da banda tiveram dificuldade no começo, sempre terminando as palavras para mim. Com o tempo eles aprenderam a esperar e ter paciência com a minha fala.

Como seria se todas as nossas fãs soubessem disso? Elas ainda iriam gostar de mim? Ainda iriam me querer na banda?

Bom, eu não estava mesmo pronto para descobrir. E era por isso que o filme não poderia acontecer. Então eu logo falei para Erin:

— A-a-ainda não estou pro-pronto pra-pra falar. Si-sinto muito-to.

Erin concordou na hora e nós mudamos de assunto, porque Mase e Noah também tinham planos. Noah queria se envolver em causas raciais, e Mase, ideias de como ajudar viciados em álcool e drogas.

Eu só queria dormir, na verdade, para esquecer todos os pensamentos sobre ser aceito ou não. Então, logo que a reunião terminou, voltei para casa e sumi no meu quarto. Eu teria um compromisso com a banda apenas no dia seguinte e, para ser honesto, não queria encontrar seres humanos até lá.

Terceiro

I see your true colors and that's why I love you, so don't be afraid to let them show.
Eu vejo suas cores verdadeiras e é por isso que eu te amo, então não tenha medo de deixá-las aparecerem.
True colors - Cindy Lauper

30 de maio de 2019.

Era o quinto dia da semana em que eu tinha mais tempo livre do que trabalho, o que era *muito* estranho para mim. A banda sempre sugara 100% da nossa alma, e Connor conseguia nos sobrecarregar mais do que o normal. Esse período entre deixarmos a gravadora e começarmos a fazer as coisas por conta própria tinha muito mais a ver com burocracia do que com música.

Os planos para os próximos meses eram de não voltar para a estrada. Os shows que estavam marcados e acabaram sendo cancelados ficariam para outra turnê. O contrato era com a gravadora, então deixamos que eles resolvessem. Cobrimos os gastos das devoluções de ingresso, e os poucos contratos em que haveria uma multa pelo cancelamento foram adiados para shows espaçados no segundo semestre. Quase todos os dias tínhamos reunião no escritório, para tomar decisões e acompanhar os projetos. Nem sempre era cedo, mas eu preferia quando marcavam para o período da tarde. A daquele dia, infelizmente, foi pela manhã. O projeto da votação para o nome da banda seria colocado no ar, e nós nos reunimos para gerar os conteúdos e acompanhar o lançamento.

Ouvi batidas na porta da frente. Provavelmente eram meus amigos.

Como já comentei, minha família é o que se chama na Índia de família conjunta. Mais ou menos.

Normalmente, isso significa que existe um patriarca e uma matriarca. Meus pais cumprem esse papel na nossa casa. Ao se mudarem para cuidar do negócio da família, que se expandiu para a Inglaterra, deixaram parte dos nossos parentes para trás. A saudade era grande e, por isso, decidiram fazer o possível para manter os costumes e as tradições culturais entre os filhos. Não queriam, de jeito nenhum, se esquecer de onde vieram.

Calhei de ser o filho mais novo de três. Raj, o mais velho, e Indira, a do meio, completam o grupo. Os dois se casaram mais novos que eu. O contrato antigo da gravadora atrasou os planos da minha mãe, que nunca perdeu as esperanças de me arrumar uma esposa.

Para nos dar um pouco mais de privacidade, meus pais construíram outras duas casas no terreno deles, onde os dois filhos homens deveriam residir. Raj foi o primeiro a se casar. Quando chegou a vez de Indira, seu marido concordou em vir morar conosco. A família dele morava na Índia, ele estava aqui estudando e trabalhando e preferiu não retornar para lá. Minha mãe ficou feliz por manter sua garota por perto. Ela sempre tratou seus rapazes como bebês, e sua mocinha como uma melhor amiga. Ter todos nós a alguns passos de distância deixava minha mãe contente.

Então minha irmã se mudou para a casa onde eu viveria com minha esposa algum dia. Meu pai ficou bravo por um tempo, porque teria que pensar em onde construir a minha casa, mas algumas reformas na casa principal e a demolição de uma quadra de tênis (que ele construiu não sei por que, já que não joga) foram a solução. A obra estava pronta de modo geral, mas ainda faltavam detalhes, decoração e outras coisas. Mesmo assim, eu trouxe um colchão para o lugar em que seria o meu quarto, uma TV, um frigobar e um videogame. Gostava de passar bastante tempo na minha futura casa, seja jogando, dormindo ou escrevendo música.

Era lá que eu estava quando ouvi batidas à porta. Fui receber meus amigos.

Todos estavam normais, carregando apenas mochilas, exceto Noah, que trazia um enorme buquê de flores.

— O q-que aconte-teceu? — disse, apontando para ele.

— Sua mãe pediu para trazermos — explicou. — Mandaram entregar para você. Ela disse para deixar aqui para enfeitar a casa.

— E nos entregou um vaso — Owen ergueu um vaso de vidro da minha mãe, derramando um pouco de água. Eu nem tinha reparado que ele carregava aquilo.

Todo mundo entrou. Owen levou o recipiente, mas Noah jogou as flores no meu braço. Fomos para o quarto, único cômodo minimamente habitável da casa.

— Tem um cartão. Não li. De nada — Noah comentou.

Quando chegamos, coloquei as flores dentro do vaso e o deixei na janela. Era a melhor imitação de mesa que eu tinha. Puxei o cartão para ler.

> *Meu sonho é ter você como a minha estrela.*
> *Mahara.*

Eu não conhecia nenhuma pessoa com esse nome. Muito menos alguém que me quisesse como estrela. Não estava saindo com ninguém, para ser algo romântico.

Meus amigos viram meu rosto confuso, e Finn logo perguntou:

— Alguém que sonha em ter você como estrela? Uma tal de Mahara, talvez?

Ergui o olhar para ele, querendo saber se tinha lido.

— Nós também recebemos — contou Mase. — Só não chegou para o Owen, por enquanto.

— Chegou, sim. Acabei de receber uma mensagem da Layla avisando sobre isso.

— Vocês estão bem de novo? — Noah perguntou, tirando as latas de cerveja de dentro da mochila. — Aí, vou colocar na geladeira.

Concordei e apontei naquela direção. Eles haviam dito que viriam para cá e trariam as bebidas para tomarmos enquanto jogávamos videogame e escrevíamos.

— O que está quebrado não dá para consertar, cara. — Owen deu de ombros. — Mas a gente se ama. É a pessoa mais próxima que eu tenho. Não vejo uma vida em que Layla não esteja, seja como namorada ou não.

— Vocês estão pensando em terminar? — Mase perguntou, o rosto franzido.

— Não, mano, longe disso. Sei que vocês são amigos, então não se preocupe com isso. — Ele suspirou, abrindo a mochila e tirando todo tipo de comida gordurosa de dentro. Desde uma embalagem delivery do McDonald's até pacotes de batata frita e de outros biscoitos salgados. —

É que foi a primeira grande briga que tivemos, em todos esses anos de namoro, e ainda não resolvemos tudo que estava guardado. Vamos só torcer para melhorar daqui para frente.

E depois as pessoas falam mal de casamentos arranjados. Olha a dor de cabeça que um simples namoro *por amor* pode dar.

— Mudando de assunto, quero te perguntar uma coisa, Luca — começou Noah, bebendo um gole da cerveja. — Por que você não quer fazer o filme?

Apenas o encarei. Ele era burro ou o quê?

— N-não é ób-b-bvio? Pre-preci-ciso dizer ma-mais alguma co-coisa?

— Ser gago não é uma doença mortal, mano. Achei que você escondia isso das pessoas por causa da gravadora, não por vontade própria — Finn revelou.

Não precisava mentir para os meus amigos, nem queria isso. Sempre fomos honestos e resolvemos nossos problemas entre nós. Se alguém fosse se ofender com algo, era só falar para que pudéssemos solucionar.

— Não q-quero ter que me e-explicar para o mun-mundo. Rev-velar esse "s-segredo" vai tra-trazer um holofo-fote para mi-mi-mim que eu n-não quero.

— E você acha que fazer o filme vai revelar o segredo ao mundo? — Noah perguntou.

— Cl-claro.

— Isso é meio óbvio, mano. — Mase deu de ombros. — Podemos passar as falas e ele as ensaiar até não gaguejar nelas, mas as pessoas da equipe saberiam. Depois disso, não dá mais para segurar.

Apenas apontei para Mase, mostrando que era exatamente isso. Deixei meu corpo cair para trás no colchão, querendo apenas esquecer toda aquela situação de filme. Eu seria um ator horrível, de todo jeito.

— Uma pena, porque meu papel era muito bom. — Owen deu de ombros. — Mas eu entendo.

— S-se vo-vocês quiserem fa-fazer sem mi-mim…

— Não, não — Owen negou de imediato. — Esta banda não faz as coisas separadamente.

— Nada de projetos paralelos, né, Owen? — Finn brincou.

Desde que soubemos do problema da banda da namorada do Finn, que se mostrava uma união perfeita para os fãs, mas quebrava o pau nos bastidores, o assunto projetos paralelos virou motivo de piada entre nós.

O primeiro a pedir para fazer algo do tipo teria de passar no corredor da morte.

— Por falar nos meus cinco sonhos de consumo brasileiros, quando a Paula volta? — Mase indagou.

Desde que vimos as Lolas pela primeira vez, ele as chamava de sonho de consumo. Finn reclamava no começo, mas depois se acostumou. Ainda mais depois que todas elas arrumaram namorados e ele percebeu que nosso amigo só estava brincando.

— Vai demorar um pouco. Eu que vou vê-la dessa vez. Nós vamos comprar um apartamento juntos.

— Onde? — Owen perguntou, a boca cheia de batata.

— Não sabemos. Ainda estamos decidindo. Uma cidade em que seja mais fácil conseguirmos voos.

— O Rio é bom? Porque Londres é, né? — Noah quis saber.

— Estamos pensando na Lola. Onde seria melhor para ela. Aqui, minha mãe pode cuidar da pequena para nós. Lá, Paula precisa levar a menina para todo canto, a imprensa vive atrás. Os pais dela são de outra cidade, e as amigas estão nos mesmos compromissos. Vamos ver o que faremos.

— Tomara que seja aqui, porque estou doido para ver o papai Finnick em ação — brincou Owen.

Pelo resto do dia, nós zoamos um com o outro, ficamos bêbados e nos entupimos de porcaria. Quando a fome veio, mais tarde, pedimos comida. Escrevemos músicas, jogamos videogame e falamos sobre a vida. Dave passou para buscar os caras no fim da noite.

Foi um dos melhores dias que tivemos em muito tempo. Passávamos tempo juntos, mas desde o início carregávamos um peso nos ombros. Rindo com meus amigos, sabendo que estávamos livres, realizando aquilo que queríamos realizar, eu me sentia em paz.

Quarto

Got your hair in the wind and your skin glistenin'. I can smell your sweet perfume, hmm, you smell better than a barbecue. Oh, superstar is what you are. I'm your biggest fan. If you're lookin' for a man, sugar, here I am.

O seu cabelo está ao vento, e a sua pele, brilhando. Eu posso sentir o seu doce perfume, hmm, você cheira melhor do que um churrasco. Ah, uma superestrela é o que você é. Sou seu maior fã. Se você está procurando por um homem, docinho, aqui estou.

Skate - Bruno Mars feat. Anderson .Paak

6 de junho de 2019.

A primeira vez que precisamos nos vestir com algo melhor que jeans e camiseta foi em uma premiação. E dessa vez foi muito mais fácil do que em todos os anos de carreira.

A sala de reunião do nosso escritório foi adaptada para uma espécie de camarim. Nossos antigos estilistas abriram a própria firma depois de terem sido demitidos pela gravadora. Com isso, resolvemos contratar a empresa. Não apenas nossas roupas de turnê seriam feitas por eles, mas também as de aparições em eventos.

Os dois estavam lá naquele dia, com diversas opções para os meus amigos. Além disso, um cabeleireiro foi dar um jeito em nós, porque estávamos meio jogados, e mais profissionais cuidaram também de maquiagem, pele e outras coisas. Era diferente ser tratado assim, já que antes qualquer uma dessas coisas era falada como superficial ou de *mulherzinha*.

Mas o que mais estava me deixando ansioso naquele dia era o look que Kenny e Doug, os estilistas, trouxeram.

Eu nunca falara para o mundo sobre as minhas origens. Claro, todos sabem que sou indiano, mas a gravadora fez questão de que eu escondesse minha cultura o máximo possível. Depois de um tempo pensando no que Erin tinha sugerido, falei com ela sobre isso. Não que eu quisesse dar uma entrevista coletiva relatando a história e a cultura da Índia, mas decidi usar um traje indiano na premiação em que iríamos. E nas oportunidades que viessem a seguir.

Minha mãe chorou quando contei a notícia a ela. Kenny adorou a ideia de buscar uma vestimenta típica para mim, mas ficou muito cheio de dúvidas por nunca ter procurado nada do tipo. Eu disse que minha mãe poderia ajudar, já que ela tinha diversas peças formais feitas para mim, apenas esperando o momento certo para serem usadas.

Juntos, eles encontraram um *kurta* azul-escuro, quase petróleo. O *kurta* é o que o mundo ocidental chamaria de bata, mas o tamanho era mais comprido, passando dos joelhos. As cores das roupas dos meus amigos eram de tons parecidos, puxando para o preto e o prata. Mas eu estava simplesmente fascinado pelo tecido e pelo trabalho da estampa com padrões prateados.

— O que você acha? — Kenny perguntou, depois dos pequenos ajustes que fez.

Aquele *kurta* era do meu irmão, minha mãe mesma o havia costurado para algum evento que teríamos em família, mas ela nos deu dizendo que poderia conseguir outra coisa para ele. Kenny cuidou dos reparos.

— Ótimo — disse, simplesmente.

— Eu acho que você deveria se vestir assim para sempre. — Ficou de pé, ajustando algo em meus ombros. — Nós deveríamos ajustar seu estilo, pensando em paletós com o corte semelhante a este aqui, calças mais folgadas como essas que vocês usam… — Ele suspirou, dando um passo para trás. — Estou cheio de ideias.

— E-e-eu adoraria.

— Deixa comigo.

Quando estávamos todos prontos, Erin entrou na sala e nos apressou. Uma limusine nos aguardava lá embaixo. Entramos os seis.

— Escutem, vocês estão todos lindos de morrer, gatos demais, porém vamos aos negócios. Já pedi a frase que cada um terá que falar na apresentação do prêmio. Vou mandá-las no nosso grupo do WhatsApp. Luca, você ficou com o "aqui estão os indicados".

— Obrigado.

Ela continuou dando orientações, mas na minha cabeça eu repeti a frase inúmeras vezes. Preparei minhas cordas vocais para dizer as palavras. Teria que fazer isso em voz alta quando estivesse sozinho, mas não seria a primeira vez. Sempre que éramos convidados para apresentar algo, eu tentava ser aquele que não dizia nada. Uma vez, deixaram o nome do vencedor para eu dizer. Seria uma, duas palavras. Mas fiquei nervoso e "Adele" quase não saiu. Depois disso, pedi para ficar com uma frase simples. Que não causasse tanta expectativa. Então me sobrou a chamada dos indicados, que costumava ser sempre a mesma. "Aqui estão os indicados". Fim.

Dali para frente, repetimos o esquema. Mas, naquela noite, algo em mim estava diferente. Eu só não sabia bem o que era.

Andamos pelo tapete vermelho juntos. As fotos foram muitas, mas não tínhamos o costume de posar separados, o que agilizou o processo. Em seguida, nos dividimos em um trio e uma dupla para entrevistas. Fui com Noah e Owen, que eram os mais falastrões do grupo. Fiquei calado o tempo inteiro, felizmente.

Ao sairmos das áreas das entrevistas, passamos rapidamente por uma parte reservada para os famosos confraternizarem antes do evento. Cada um com sua bebida, conversamos amenidades. Meus amigos não perceberam até que ela estivesse ao nosso lado, mas eu a vi de longe.

A mulher mais linda do mundo.

Ao mesmo tempo que eu queria falar, chamar a atenção dos outros, chamar a atenção *dela*, simplesmente me comunicar, eu perdi as palavras. E nada tinha a ver com as minhas cordas vocais. Era uma necessidade que veio de dentro de mim e rasgava meu coração.

Mas eu não disse nada. Apenas esperei seu caminhar se aproximar, observando cada centímetro daquela mulher.

Eu não era celibatário e aquela não era a primeira mulher bonita que já tinha visto, principalmente depois de conhecer tantas famosas e atrizes de Hollywood, mas ela era diferente. De alguma forma, seus movimentos pareciam em câmera lenta. O cabelo escuro preso em um coque perfeito, o sorriso acolhedor e o campo magnético ao seu redor. Quando ela estava a poucos passos de mim, o golpe fatal me atingiu: ela usava uma roupa que se parecia muito com um *anarkali kurta*, que também é uma vestimenta indiana. Eu não poderia dizer com 100% de certeza que era um, porque não a conhecia para questionar, mas a peça era uma bata vinho de mangas compridas, com decote coração, e ia até o pé. Após a cintura, a saia se tornava mais rodada e havia uma fenda dali até o fim, o que me fazia acreditar que era mesmo um *anarkali kurta*. Por baixo, ela usava um *churidar*, que é uma espécie de *legging*.

Puta que pariu, aquela mulher era *indiana*? De onde aquela deusa veio?

Ao se aproximar de nós, percebi que ela também me encarou. Primeiro o meu *kurta*, examinando cada centímetro dele. Depois, o meu rosto. E seus olhos brilharam quando encontraram os meus.

— Boa noite — cumprimentou-nos.

Os rapazes responderam, eu não consegui dizer nada. Seu sotaque era bem misturado com o britânico, quase perfeito, mas lá no final eu conseguia ouvir algo que se parecia muito com o de alguém de Nova Deli.

Puta que pariu.

— Meu nome é Mahara. É um prazer conhecê-los. Não vou tomar muito do tempo de vocês.

Mahara.

Mahara.

Esse nome não me era estranho.

— Recebi uma negativa da assessora de vocês sobre o roteiro de um filme que estou produzindo. Imagino que ela tenha falado a respeito. Queria apenas me apresentar e perguntar, caso possam responder, se o problema foi o projeto ou a ideia de atuar em si.

Um por um, meus amigos me olharam. Por sorte, acho que Mahara não percebeu. Finn, com sua tranquilidade, foi quem nos justificou:

— Mahara, é um prazer enorme conhecê-la também. Tivemos que negar a participação no filme principalmente por conta do momento em que estamos. Além de precisarmos ajustar as coisas internamente, decidimos que só faremos projetos em que todos concordem em participar. Talvez, no futuro, as coisas possam mudar, mas nem todo mundo se sentiu confortável em atuar no momento.

— Ah, entendo. — Seu rosto não parecia triste. Na verdade, ela parecia satisfeita. Como se aquela resposta fosse um combustível, não um balde de água fria. — Fico feliz porque realmente acredito nesse projeto e acho que é algo que os fãs de vocês adorariam. Mas compreendo a questão de *timing*. Obrigada pela gentileza e honestidade de vocês.

Ela não se demorou. Logo que conseguiu a resposta, trocou mais algumas palavras e partiu. Ao sair, deu-me um olhar firme, que parecia enxergar a minha alma. Senti um calafrio passar por mim ao ver seus cílios piscarem lentamente e seu rosto se afastar do meu.

— Puta que pariu — falei baixinho, torcendo para ninguém ouvir.

— Palavrão você não gagueja, né, seu corno? — Owen me deu um tapa no peito. Ele estava ao meu lado, então ouviu o que eu disse.

— O-o-obrigado por não fa-falarem nada.

Eles deram de ombros, porque já era algo natural para nós.

— Finn deveria ser o porta-voz da banda. Ele fala tão bem… — brincou Noah.

A noite continuou e nós movemos os assuntos para outros pontos, e essa situação foi totalmente esquecida pelos meus amigos.

Mas só por eles, já que a cada segundo eu me pegava procurando por um *anarkali kurta*, uns olhos penetrantes e uns cabelos escuros.

Quinto

Eu vou seguindo seus passos, descobrindo fatos sobre você. Escalando alto pra te merecer.
Hipnotizou - Melim.

15 de junho de 2019.

    Mase tem sido meu companheiro de farra há anos. Owen tinha Layla, e os outros dois, Noah e Finn, sempre foram meio caretas. Dependendo do que fôssemos fazer, até conseguiríamos levar Noah, mas não para um show de banda de punk rock em lugares de gosto duvidoso. Pois é, um indiano gago que gosta de beijar na boca e ouvir punk rock. Sou uma metamorfose ambulante.

    Porém, dessa vez, Mase me deixou na mão. Disse que iria, só que precisou cancelar algumas horas antes de nos encontrarmos. Eu não gostava de ir a lugar nenhum sozinho, mas parecia sem opções. Talvez eu pudesse ficar em casa, acontece que não queria fazer isso. Minha mãe estava me enlouquecendo com aquela história de casamento. A mulher havia perdido os padrões. Queria enfileirar encontros com filhas de várias amigas para mim, estava fazendo algumas delas viajarem da Índia para cá para me conhecer.

    E eu só conseguia pensar no *anarkali kurta* vinho cuja dona não saía da minha cabeça.

    Então eu precisava daquele show de punk. Precisava ouvir música alta, beber cerveja e arrumar uma garota para passar a noite.

    Desci do carro no endereço combinado e agradeci ao motorista com um joinha. Sempre dizia que era mudo ao pedir carros por aplicativo, assim não precisava passar pela conversa furada. Falar não era a minha praia, ainda mais sobre coisas que em nada me agregariam.

    Parado sob o letreiro da boate, percebi que a iluminação estava com mau contato e que saíam faíscas. Recebi uma ligação de Erin e queria ignorar, mas ela era uma boa pessoa, então simplesmente atendi. Ela deu sorte de eu não estar lá dentro ainda.

— Fala.

— Luca, você está mesmo sozinho? Não quer que eu peça para Dave te acompanhar?

Como ela sabia onde eu estava?

— Co-como…?

— Eu sei das coisas — cortou-me antes que eu sequer fizesse a pergunta. — Porém, fico preocupada. Se você e Mase estivessem juntos, tudo bem, mas sozinho...

— N-não se preocu-cupe. Eu esto-tou bem. Ni-ni-ninguém aqui sa--sabe quem eu s-s-sou.

— Ok. Promete me avisar se alguma coisa acontecer? Se precisar de segurança, alguém para te buscar…?

— N-não se preocupe. Pro-o-ometo.

Do lado de dentro, a boate estava cheia. Havia vários rostos conhecidos, mas apenas acenei com a cabeça e não falei com ninguém. Mase e eu éramos frequentadores assíduos dali, já que os shows de punk rock eram comuns na casa, e ninguém nos conhecia como cantores de uma *boyband* famosa. Éramos apenas dois desconhecidos normais que curtiam música boa.

Duas bandas se apresentariam naquela noite, e uma delas já estava tocando. Eu me sentei em uma banqueta do bar, a mesma de sempre. Era afastada e me dava visão do palco e da saída. Quando me viu, Gael, o barman, trouxe a cerveja de sempre e se foi sem dizer uma palavra. O lado bom de ser conhecido pelos funcionários do seu bar favorito.

Não que nós fôssemos lá o tempo inteiro, mas Gael sabia quem éramos. Para mim, bastava.

O vocalista da banda era desafinado e cantava todas as notas altas em falsetes fora do tom, mas a banda era boa. O baixista, principalmente. A melodia da linha de baixo dele atingia pontos do meu sistema nervoso. Eu estava completamente envolto no som que era feito no palco, e tinha terminado a primeira cerveja quando percebi um corpo se sentar na banqueta ao lado da minha.

Não entendi direito o motivo de ter notado aquilo, porque era mais do que normal pessoas se sentarem e se levantarem do local ao meu lado. Mas dessa vez foi diferente. A presença era diferente.

Olhei com o cantinho do olho e imediatamente entendi o motivo. O *anarkali kurta* tinha sumido, dando lugar a jeans, botas de couro até os joelhos, jaqueta preta e maquiagem pesada. E, é claro, um decote de matar.

Ninguém Vai Saber

29

Mahara estava sentada ao meu lado.

A última pessoa que eu pensei que iria encontrar sentada ao meu lado em um show de punk rock.

— Oi. Tudo bem? A gente pode conversar?

Inspirando fundo, bati no balcão — meu código com o barman — e ele me trouxe outra cerveja. Sem responder, me levantei do banco e dei as costas para ela.

Eu não me importava com meu modo grosseiro, só não queria papo.

Parei em um canto da boate onde a iluminação era uma bosta, mas não havia lugares para se sentar. Infelizmente a música era mais baixa ali, mas eu duvidava que seria encontrado facilmente por alguém.

Só que a sorte não estava comigo. Mahara surgiu ao meu lado em menos de meia hora.

E, puta que pariu, ela era muito gostosa.

— Eu juro, só quero conversar. Não vou tomar muito do seu tempo.

— Não — disse, simplesmente.

— Então não precisamos conversar. — Ela se apoiou na parede ao meu lado, cruzando os braços por baixo dos seios. Eles se moveram tentadoramente, e eu precisei me esforçar para não ser grosseiro com a minha encarada. — Eu falo algumas coisas e você escuta.

Olhos no chão, cara.

— Fala.

Se ela dissesse algo que eu não queria ouvir, era só sair dali e ir embora.

— Eu conversei com seus amigos esses dias, em particular. Ninguém quis me dizer o motivo exato de terem recusado o filme, mas não sou idiota. Todos pareceram achar uma boa ideia, gostar do projeto ou concordar em fazer se todo mundo topasse. Você foi o único com quem não consegui conversar ainda e, fazendo as contas, quero crer que o problema esteja aqui. Gostaria muito que você me dissesse por que não quer atuar no projeto.

Respirei fundo, frustrado. Não ia responder nada.

— Tudo bem. Você concordou em eu falar e você escutar. Não posso exigir mais que isso. Então vamos recomeçar. — Ela puxou o cabelo para o lado direito, o que deixou seu pescoço exposto para mim.

Tentação do caralho.

— Esse filme é a adaptação da fanfic mais famosa sobre a banda de vocês. A história é maravilhosa, a autora criou algo mágico. Ao mesmo tempo que é fácil identificar os personagens como cada um de vocês, ela encontrou uma maneira de criar pessoas totalmente novas. O enredo é único. O livro é uma espécie de Kingsman, Missão Impossível, 007, com todo esse apelo de ter uma espionagem das boas, bastante ação e cenas engraçadas. Esse é um projeto em que o estúdio acredita muito, eu também. E eu luto pelas coisas em que acredito. Vou fazer o que for preciso para você topar. Então diga o que está te impedindo de aceitar e eu vou resolver.

Fiquei em silêncio mais uma vez, sem querer debater o assunto.

Era impossível que o personagem me retratasse, porque o mundo não me conhecia. As fãs não me conheciam. Por anos, fui escondido como o misterioso da banda, aquele que não fala muito em entrevistas. Tudo o que respondi era montado. Minha cor preferida, meu esporte favorito, meu encontro ideal. As respostas foram planejadas e as pessoas só sabiam o que eu queria. Ou melhor, o que a gravadora queria.

Minhas fãs não sabiam quem era Kalu. Elas só conheciam o Luca.

— É um sonho tanto da autora quanto dos fãs de vocês ver os cinco no papel — Mahara continuou, mas era inútil. Nada do que ela dissesse me faria mudar de ideia. — Seria muito importante para elas. E eu acho que pode ser uma ótima oportunidade para a banda, ainda mais nesse período de transição pelo qual vocês estão passando. Eu acredito de verdade no projeto…

— Chega.

— Acredito que vocês podem fazer um bom trabalho. A autora está superaberta a mudanças, e podemos nos adaptar…

— Chega, Mahara. — Fui duro. Sei disso.

Ela calou a boca e ficou me olhando. Vi a mágoa em seus olhos e quis me desculpar de imediato, mas isso só a faria pensar que poderia me fazer mudar de ideia. Então deixei que me achasse um babaca, pois quem sabe isso a afastaria.

— Por que você não quer nem ouvir? Você leu o roteiro? O filme é incrível, e sei que você é um grande fã desses filmes de ação que citei…

— E-eu não s-sou. Não s-sou f-fã. Eu n-não que-quero faze-zer esse fi-filme. Essa é-é-é uma ide-deia idi-diota. Eu s-sou ga-ga-gago, porra.

Mahara arregalou os olhos. Sua boca caiu. Ela estava claramente chocada.

E por mim tudo bem, eu simplesmente não me importava.

Mas aí seus olhos se encheram de lágrimas e neles havia pena.

Não quero nunca que ninguém tenha dó de mim.

Simplesmente… não.

Dei as costas e fui embora. Não podia ficar ali e ouvir nada que viria de sua boca.

Ninguém Vai Saber

31

Sexto

I am not a stranger to the dark. Hide away, they say, 'cause we don't want your broken parts. I've learned to be ashamed of all my scars. Run away, they say. No one'll love you as you are.
Eu não sou uma estranha no escuro. Esconda-se, eles dizem, porque não queremos suas partes danificadas. Aprendi a ter vergonha das minhas cicatrizes. Fuja, eles dizem, ninguém vai te amar do jeito que você é.
This is me - O Rei do Show

Primeiro semestre de 2013.
 Eu precisava de ar. As provas finais do último ano do ensino médio estavam cada dia mais perto e eu não conseguia sequer pensar em como resolveria meus problemas. Então decidi fazer uma coisa que nunca fazia: fui até a praça perto de casa e comecei a correr. Estava com meus fones de ouvido e escutava a música da minha banda favorita no último volume.
 Eu odiava correr, odiava qualquer prática esportiva, mas era necessário naquele momento.
 Quando estava muito estressado, eu fazia isso. A praça perto da casa dos meus pais estava sempre vazia, então eu não era incomodado por ninguém. Hoje, por exemplo, só havia um casal sentado em um banco, conversando. Depois de dar tantas voltas que tinha perdido as contas, parei um minuto, sentando-me debaixo de uma árvore. Estava cansado, porém um pouco mais relaxado. Reparei que o homem que anteriormente descansava no banco caminhava na minha direção. Estava sozinho, mas me encarava. Tirei o fone quando ele estava perto demais para ser ignorado.
 — Ei, garoto. Sua voz é muito boa. Vamos começar as audições para o Sing, UK. É uma mistura de The Voice com The X Factor, só que melhor. Se estiver interessado. — Estendeu um cartão na minha direção. — Diga

para os seus pais entrarem em contato.

Fiquei pensando em como ele sabia que minha voz era boa, então me lembrei de que cantava em voz alta enquanto corria.

O homem deu as costas e foi embora. Olhei o cartão, que realmente parecia algo profissional e sério. Ao voltar para casa, deixei-o sobre a minha mesinha de estudos. Ele ficou ali, olhando para mim. Durante todos os estressantes dias em que me preparei para as provas, ele ficou me encarando. Eu só conseguia pensar naquilo. Fiz pesquisas, vi diversos sites falando sobre a franquia, sobre a recente edição brasileira, com a vitória de uma *girlband*. Li o quanto havia sido um sucesso e que eles queriam repetir a dose no Reino Unido.

Criei coragem e disse aos meus pais o que queria fazer. Eles ligaram para o homem, que era um olheiro do programa. No dia em que me formei, recebemos o e-mail da produção com a convocação para as audições.

Semanas depois, durante as gravações do programa.

Uma pessoa da produção pediu que eu entrasse em uma sala e aguardasse. Lá dentro já havia outros dois caras. Até que alguém aparecesse, mais dois chegaram. Eu os tinha visto algumas vezes, mas não havíamos sido colocados juntos nenhuma vez em nenhum grupo.

Já tinha perdido as contas de quantas fases passamos até aqui. Se me lembro bem, no primeiro dia participei de uma audição para a produção. Havia outros dez candidatos, e cada um de nós cantou um refrão à capela. Aquela fase não foi televisionada, mas era o primeiro corte do programa. Eles mandaram sete de nós embora. Depois daquilo, fiquei de frente para os jurados pela primeira vez. Não havia público naquela audição, apenas a produção e os três famosos responsáveis por nosso futuro.

Fiquei muito nervoso por ter que conversar com eles. Gaguejei bastante. Eles me perguntaram coisas e eu respondi, falando resumidamente da minha história. Havia uma versão que eu tinha ensaiado para contar às pessoas sempre que elas descobriam a gagueira. Os jurados gostaram da minha voz e me passaram de fase.

No dia seguinte, fomos levados para um hotel. Éramos apenas 500 candidatos. Os que não moravam em Londres ficaram hospedados lá, os outros foram levados para casa após um dia inteiro de diferentes apresentações. No próximo dia, voltaram 300. Naquele, 100.

Mas ali, no final do dia, eu já não tinha certeza se seria um dos que voltariam. Parecia muito que eu seria descartado, porque fui mal. Tive pouco tempo para ensaiar a música que me pediram, errei a letra e tive que alterar partes da melodia para alcançar as notas. Tudo isso sozinho, porque todos os músicos e professores de canto que nos ajudavam estavam ocupados.

Uma garota da produção, que não deveria ter mais de vinte e cinco anos, entrou, puxando de volta minha atenção. Ela foi direta:

— Tenho um recado. Por favor, não me interrompam. Perguntas no final. Vocês foram escolhidos para participar do programa como uma banda, a partir daqui. Os jurados acreditam que cada um tem potencial para elevar o nível do companheiro. Seja com a voz, a presença de palco, o carisma ou a dança. Por sinal, vamos querer que vocês dancem em algumas apresentações do programa ao vivo. Não durante a canção inteira, pois o tempo não permitirá, mas certamente em trechos. Os shows ao vivo terão início em setembro. A próxima fase do programa é na república. Todos os candidatos irão morar em um mesmo prédio durante um mês, dividindo apartamento. Vocês cinco ficarão juntos. A ideia é que, ao final do período, estejam prontos para o ao vivo. Perguntas sobre isso?

Acho que todos estávamos tão chocados que não conseguimos dizer nada por um tempo.

— E se as vozes não se encaixarem? — um dos caras perguntou. Ele era branco, tinha um sotaque britânico bem carregado e o cabelo grande, quase na altura do queixo.

— Elas se encaixam. Nossa equipe de produção os fez cantar a mesma música na última fase do programa, e fizemos uma junção das vozes digitalmente. Mas, se não funcionar, vocês serão eliminados pelo público, sem dúvida. — Quando ninguém mais tinha dúvidas, ela prosseguiu: — Agora, vamos falar sobre as decisões tomadas pela nossa equipe. A primeira é que Finnick foi escolhido como líder da banda. Para as entrevistas e perguntas dos jurados, ele e Owen devem dar as respostas. Os outros, por favor, mantenham o silêncio. Nós também conversamos sobre uma mudança no seu nome, Kalu. Acreditamos que Luca soará melhor aos ouvidos dos ingleses, e queremos saber o que você acha de usarmos esse como seu nome artístico.

— Tu-tu-tudo bem.

Eu nem sabia o que responder. Queria mudar meu nome? Não. Mas eles entendiam mais toda essa coisa do que eu. Se diziam que era melhor usar um nome artístico, que Luca funcionaria melhor, tudo bem. Eu não seria o primeiro nem o último a passar por aquilo.

— Ótimo. Agora vocês podem me acompanhar. Vamos gravar a revelação dos novos grupos e os cortes.

Nós a seguimos. Dois dos garotos conversavam, pareciam já ser amigos. Os que sobraram, assim como eu, ficaram calados. Não pronunciaram uma palavra sequer, pareciam assustados. Pensativos.

Eles nos levaram para uma sala maior, onde outros dois grupos estavam reunidos. Um apenas de garotas, o outro de garotos também. Notei uma dupla em um canto. Nós nos sentamos no chão, meio sem saber o que dizer. Foi aí que o trio de jurados apareceu, junto às câmeras. Uma cantora da década de 1980, um produtor musical e um rapper. A mulher começou a falar:

— A decisão que tivemos que tomar foi muito difícil. O nível de talento nesta primeira edição do Sing, UK é enorme, e estamos muito orgulhosos de fazer parte disso. Obrigada por terem escolhido participar conosco. Por algum motivo, vocês seriam rejeitados. Mas decidimos dar uma nova chance a cada um, para que prossigam como grupos.

— Em breve, começaremos a fase da república — emendou o produtor. — Lá, vocês terão tempo para desenvolver a união do grupo e se tornar grandes artistas, antes de finalmente chegarmos às apresentações ao vivo.

— Sabemos que é um desafio, mas acreditamos em vocês. Parabéns.

Eles mesmos puxaram palmas, e nós demos continuidade a elas. Alguns acabaram se empolgando, abraçando um ao outro. Nós cinco também, afinal era uma oportunidade de ir em frente. Não tínhamos sido expulsos.

Contrariando as expectativas de muitos, nós vencemos.

O público olhou para nós, cada um que formava a Age 17, e enxergou alguma coisa.

A trajetória foi difícil, mas viver juntos por um mês logo no começo nos conectou. Passei a amar Finn, Noah, Owen e Mase como meus irmãos. Talvez fossem. Não por laços sanguíneos, mas nas coisas que realmente interessam.

Eu deveria ter me dado conta de que a indústria da música não é o sonho que acreditamos ser no primeiro dia de gravações do programa, quando a produção era grosseira e os outros candidatos estavam prontos para puxar o nosso tapete.

Deveria ter me dado conta disso quando nos colocaram em um grupo de desconhecidos e mandaram que apenas dois de nós falassem durante o programa. Quando percebi que me davam muitas linhas para cantar, pois eles mesmos julgavam que eu era o melhor cantor. Sempre houve essa separação entre nós.

Mas podia ser pior. Sempre podia. E foi.

Porque um dos jurados, o rapper, se virou para nós depois de um programa e disse que eu não devia falar, apenas cantar. Ser gago, aparentemente, poderia atrapalhar nosso desempenho na competição. Então eu abria a boca para cantar, mas me mantinha mudo em todo o resto do tempo.

Meus amigos dirigiram para mim olhares de pena quando o jurado disse aquilo. Mas esses mesmos olhares foram distribuídos entre nós com frequência cada vez que íamos percebendo, durante a caminhada, que o sonho não era tão sonho assim. Que havia mais noites do que dias na nossa trajetória.

Quando vencemos, era para ser aquele momento máximo de êxtase. E foi. Por quinze minutos. Enquanto estávamos em cima do palco.

O mundo começou a vir em nossa direção. Os poderosos do universo dos negócios nos encheram de contratos, regras, imposições. Por sete dias inteiros, eu não vi minha família. Nós nos abraçamos brevemente no final do programa, meu pai nos acompanhou para assinar o contrato (já que eu só tinha 17 anos), e depois não os encontrei mais.

Connor surgiu em nossa vida. Fomos proibidos de namorar. Exigiram que eu me calasse para esconder que era gago.

Um verdadeiro show de horrores.

Mas eu me lembro muito bem de que um dia, depois de estar acordado por quarenta e cinco horas e de não ter me alimentado por doze horas seguidas (uma barrinha de cereal não conta), nós fizemos um pacto.

Ao chegarmos em casa após toda aquela rotina, nós cinco nos sentamos na sala, sozinhos, com vários hambúrgueres embrulhados. Ninguém tinha forças para nada, apenas para comer. Só queríamos encher a barriga e dormir. Mas Finn, como líder da banda, fez uma pausa em seu lanche e trouxe o assunto à tona:

— Se eu for sincero, minha vontade é desistir agora. — Ninguém falou nada, ouvia-se apenas o som das mastigações. — Vamos comer o pão que o diabo amassou nessa indústria. A única coisa que me faz continuar é saber que estamos juntos nessa merda.

— Só vamos conseguir algo se ficarmos juntos, galera — Mase falou, firme. — Daqui pra frente, todo mundo vai se matar em aulas de canto, de dança, gravando CD, fazendo turnê. Se não nos apoiarmos… O que será de nós?

Nosso pacto começou ali. Com o tempo, fomos adicionando pontos a ele. Cada coisa que tivemos que aguentar só foi possível pois estávamos de mãos dadas, dando forças um ao outro.

Sétimo

Pensando bem, eu não confio em ninguém, mas você me deu vontade de tentar.
Ninguém vai saber - Manu Gavassi

16 de junho de 2019.
　Acordei estupidamente bêbado naquela manhã, com a minha mãe balançando meus ombros.
　— Kalu, acorde. Os móveis chegaram.
　Depois da conversa com Mahara, simplesmente parei o primeiro táxi que passou e pedi para o motorista me levar a outro bar de que eu gostava. Bebi o que podia e o que não podia. Joguei-me na cama com a roupa e tudo.
　Abri os olhos e vi minha mãe ali, então agradeci aos céus por ter dormido vestido. Não era frequente eu dormir nu, mas já tinha feito isso algumas vezes depois de ficar bêbado. Meio que quando você convive com toda a sua família debaixo do mesmo teto por tantos anos, com as portas destrancadas, o pudor aflora.
　— Que móveis, mãe? — perguntei, extremamente sonolento.
　Ela foi até a janela e abriu a cortina, inundando o quarto com luz.
　Por quê? Por quê???
　— Como assim que móveis, menino? Da sua casa. Chegaram hoje. A equipe já está lá montando. Quero que você vá ver onde eles devem colocar as coisas.
　— Mãe, minha cabeça está explodindo. Só quero dormir.
　— Pois levante-se, tome um banho e vá até a sua casa. Durma quando morrer, filho. Depois eu vou arrumar tudo do meu jeito e você vai reclamar.
　Ela estava certa. Assim que deixou o quarto, levantei-me e fui até o banheiro. Minha mãe era maravilhosa, mas gostava que tudo estivesse do seu jeito. Foi difícil convencê-la de que eu deveria opinar na decoração da

minha própria casa. Era o tipo de coisa que eu gostaria de fazer com a mulher com quem me casaria, mas esperar até o noivado enlouqueceria minha mãe. Criei coragem, me levantei e fui viver a vida.

Os móveis já estavam chegando há dias, mas aqueles eram os últimos, e minha mãe contratara uma equipe de montadores para resolver tudo. Ela queria um mínimo de 80% da casa pronta até o final do dia.

Cheguei lá e, assumo, fiquei um pouco chocado. A quantidade de pessoas e coisas acontecendo na minha casa, tudo ao mesmo tempo, me impressionou.

Logo que pisei no hall, minha mãe veio até mim. Ao lado dela, fui passando por todos os cômodos. Havia funcionários em cada um deles, e foram orientados sobre como gostaríamos que as coisas ficassem. Estava na entrada, conversando com o homem que montava a mesa de jantar, quando Raj chegou.

— Um entregador deixou isto aqui para você. — Ele me deu um pacote coberto com um envelope pardo. Era quadrado, uns 15 cm de cada lado. — Em que posso ajudar?

Orientei meu irmão quanto ao que precisava da nossa atenção e subi até meu quarto, pois minha cama já estava montada há alguns dias. Deixei o pacote lá e fui viver a vida. À tardinha, quando finalmente fiquei sozinho, fui ao cômodo e vi a embalagem. Já nem me lembrava mais de que a tinha deixado ali. Peguei o pacote e me sentei na cama. Dentro dele havia uma caixa de chocolates. E uma carta que dizia o seguinte:

Luca,

Em primeiro lugar, sinto muitíssimo pela forma como fui insistente e invasiva. Não deveria tê-lo seguido até aquele bar. Mas isso é algo que estou trabalhando em mim: quando quero algo vou até o final, faço de tudo para convencer a pessoa. Estava buscando isso e, nessa busca, eu fui longe demais. Peço desculpas por ter sido motivo do seu estresse.

Respeito e entendo sua decisão de não fazer o filme. Vou recuar das minhas investidas, buscar atores que sejam capazes de representar você e seus amigos da forma como merecem.

Mas, para finalizar, peço permissão para lhe dizer algo, do fundo do meu coração: ser gago não devia ser um motivo de vergonha para você. Acredito ainda que o mundo deveria saber disso, pois serviria de exemplo a tantos jovens lá fora que passam pelo mesmo problema e envergonham-se de si mesmos. Para tantos jovens que sofrem bullying de amigos/familiares e sentem vergonha da própria voz. Tenho certeza de que as pessoas passariam a te olhar de maneira diferente, com mais carinho, porém em um bom sentido.

Não vou falar disso para outras pessoas, pois acredito ser seu segredo. Se quiser conversar, me liga.

Cordialmente,
Mahara

E, no final da página, havia um número de telefone.

Levantei-me da cama e fui até a janela, olhei a paisagem lá fora e deixei o sol do fim da tarde me acalmar.

Era engraçado pensar que o jovem que ela citou sofrer *bullying* das pessoas poderia facilmente ser eu. Membros da minha família e colegas que encontrei ao longo da vida foram cruéis comigo. Ofenderam-me e trataram-me como lixo simplesmente por eu falar de maneira diferente.

Mas o que mais me machuca é a impaciência. Porque sei que consigo falar, que consigo me comunicar, mas muitos não parecem entender isso. Terminam as palavras que eu demoro para terminar. Tentam completar minhas frases.

Mahara podia até achar que os outros me olhariam com mais carinho, mas eu sei que não. Até aqui, todo mundo que soube da minha gagueira me olhou com pena. Como se eu tivesse uma doença fatal e estivesse com os dias contados.

Todo mundo, até ela.

Mas eu entendia de onde tinha vindo a sua preocupação, e estava com peso na consciência por simplesmente ter gritado daquele jeito com ela.

Respirei fundo, deixei a carta na escrivaninha ali perto e peguei o celular, ligando para o número rabiscado no fim da página. Sua voz soou do outro lado da linha, no primeiro toque.

— Mahara falando. Quem é?

— Mahara. — Fiz uma pausa, deixando o ar entrar bem em meus pulmões. — É o Luca. Da Age.

— Luca! — Sua voz pareceu aliviada. — Nossa, que bom falar com você. Recebeu os chocolates?

— S-sim. — Espiei em direção à cama, onde eles estavam. — O-obrigado.

— Não agradeça. Eu precisava pedir desculpas. Espero que não me odeie por ter insistido em algo que você não queria.

— Nã-não odeio. E-e-eu dev-v-veria pedir desculpas. Gritei com v-v-você.

— Eu meio que mereci, né? Onde eu estava com a cabeça quando decidi te seguir no seu tempo livre e encher o saco sobre um filme que você já tinha dito que não queria fazer?

— Nã-não justifi-fica minha falta de edu-ducação. Minha mãe me mata-ta-taria se soubesse.

— Um café num dia desses resolveria qualquer desentendimento. Tudo bem se você não quiser fazer o filme, mas se pudesse me responder algumas dúvidas simples… Eu ficaria muito grata.

— O q-que você acha de um jantar na q-quinta à noite?

20 de junho de 2019.

Diferentemente do que pensei, nas vezes em que conversei com Mahara por telefone não travei nem gaguejei tanto. A primeira foi para marcarmos um jantar, a segunda foi ontem, quando ela pediu para nos encontrarmos uma hora mais tarde. Ela teria uma reunião importante com o estúdio do filme e estava com medo de se atrasar. Tentei marcar para outro dia, mas ela insistiu em que mantivéssemos a data.

Quis passar para buscá-la em casa, mas Mahara fez questão me encontrar. Vesti-me na minha nova casa, onde estava passando boa parte do meu tempo agora. Minha mãe ainda queria que eu morasse com eles, mas ter meu próprio espaço era uma independência muito bem-vinda. Especialmente enquanto ela não encontrasse minha futura esposa.

Passei pela frente da casa dos meus pais em meu caminho para a garagem. Ao me ver vestido para sair, minha mãe imediatamente veio ao meu encontro.

— Menino, o que está acontecendo? Aonde você vai?

— Tenho um jan-antar, mãe — respondi, porque ela me faria dizer de um jeito ou de outro.

— Com quem? Uma garota?

Ah, droga.

— S-sim, uma garota. Algué-guém do trabalho.

— Quando vou conhecê-la? Ela é indiana? Qual é o sobrenome dela? E a religião? E a data de nascimento, para eu fazer o mapa astral de vocês?

Era certo que as perguntas viriam, só não sabia que seria tão rápido.

— Mãe, nã-não é isso. Não é um enco-contro.

— E o que é, então?

Porque, é claro, minha mãe pode ter se acostumado com muitas coisas da cultura ocidental, mas a amizade entre um homem e uma mulher não é uma delas.

— Nã-não é na-nada, mãe. Te-tenho que ir.

— É alguma coisa sim, menino! — vociferou por trás de mim, enquanto me afastava. — Não dê as costas para a sua mãe! Fale sobre essa garota.

Parei, voltei até ela e beijei suas mãos.

— Não é na-nada. Se for, a senhora vai s-saber. Não po-posso me atrasar, mãe.

Sob seu olhar desconfiado, afastei-me em direção ao meu carro. *Daqui por diante, vou estacionar na frente da casa nova.*

Cheguei ao restaurante com uns quinze minutos de antecedência. Estava usando as novas roupas que Kenny e Doug prepararam para mim: um paletó cujo corte se parecia muito com um *kurta*, jeans preto e blusa branca. Pedi uma água com gás para esperar por Mahara. Ao dirigir, meu limite era uma taça de vinho, e esperava tomar a bebida no jantar.

Encontros não eram a minha praia, porque eu precisaria falar com a mulher. Normalmente, Mase estava comigo e fazia toda a conversa com as garotas, por nós dois. Eu só levava a menina para um canto ou para um quarto, dependendo da necessidade. E poderia estar bem bêbado em uma situação como essas, porque um motorista iria dirigir por nós.

A ideia de encontrar Mahara, sóbrio, para jantar e conversar com ela, me aterrorizava um pouco. Ela sabia da minha gagueira e não parecia se importar, o que deveria me deixar tranquilo, mas era impossível. Nossas interações tinham sido curtas. E se ela conversasse por uma hora comigo e decidisse que não tinha paciência ou algo assim?

Pouco antes de o relógio de parede completar a volta para marcar 20h em ponto, o maître trouxe Mahara até a mesa. Naquele dia, ela usava calça social, blazer rosa e uma camisa de cetim branca. Fiquei de pé imediatamente, um pouco paralisado com sua beleza, mas consegui reagir a tempo. Fiz sinal para que o homem nos deixasse e beijei sua mão, antes de puxar a cadeira para que ela se sentasse.

— Estava esperando há muito tempo? Tomara que não.

— Eu…

— Senhores, boa noite. Gostariam de fazer os pedidos? — o garçom nos interrompeu.

— Moço, eu literalmente acabei de chegar. Pode me dar alguns segundos? Luca, pediu alguma coisa? O que é isso que você está bebendo? — apontou para minha taça pela metade.

— Água com gás — disse, simplesmente.

— Vou acompanhá-lo, então. Pode trazer uma para mim, por favor? Obrigada.

O homem se afastou também e finalmente os olhos de Mahara pousaram sobre mim. Conversamos através dessa conexão por alguns instantes e, acredite se quiser, eu quebrei o silêncio.

— O-obrigado por ter vi-vindo.

Ela sorriu, colocando uma mecha de cabelo para trás da sua orelha.

— Eu é quem agradeço o convite. Achei que depois de toda a minha perseguição, você não ia mais querer olhar na minha cara.

— E-eu te devia. F-fui um grosso, estú-túpido.

— Eu entendo, de verdade. Você estava bravo, e eu, pressionando. Só quero que saiba que, se você se irritou por vergonha ou algo do tipo, não precisa disso. Ser gago não é motivo para você se envergonhar, de jeito nenhum.

— N-nem todo mu-mundo pe-pensa assim.

— Bem, acho que só consigo imaginar o que você está passando, já que não vivi a mesma situação. Mas, assim, acredite em mim, sei o que é sentir que se está em um lugar onde não é bem-vindo.

— Ah, é?

— Sim, claro. Primeiro, por ser mulher. Passamos por isso em diversas situações. Depois, por ser uma mulher de cor. Pela minha herança indiana. Por morar em um país de pessoas brancas. Por todos pensarem constantemente que não nasci no mesmo território que eles... Acho que você deve ter experimentado um pouco disso também, né?

— Hm, s-sim. Apesar de minha pe-pele ser mais cl-clara que a sua e eu me p-passar por um inglês mais fa-facilmente, outros tra-traços físicos meus e-e-entregam. O s-sotaque também. — Cocei a cabeça. — Po-pode me co-contar sobre como su-sua família che-chegou aqui?

Isso era algo de que tive curiosidade desde que meus olhos a viram de *anarkali kurta*, naquela primeira vez.

— Resumindo bastante. Minha mãe veio estudar aqui na Inglaterra e se apaixonou pelo meu pai. Eles faziam faculdade juntos. Quando meus avós descobriram que ela tinha um namorado e não ia se casar com o indiano babaca que eles tinham escolhido desde que ela nasceu, mandaram minha mãe fazer uma escolha. A família ou o meu pai. Felizmente ela o escolheu, o que me deu motivos para ter nascido.

— E-e-e os se-seus avós?

— Por parte de mãe? Nunca mais ouvimos falar deles. Para ser bem sincera, a vida que esperava se minha mãe voltasse para a Índia não era nada bonita. Meus avós eram extremamente conservadores, e a família do homem com quem ela iria se casar conseguia ser pior ainda. Minha mãe escolheu ficar com meu pai, alguém que ensinou liberdade a ela e a amou verdadeiramente, mas ela também escolheu a si mesma. A gente vê no rosto dela que esses foram os anos mais felizes da sua vida. Então eu sou uma mistura cultural, com um pai britânico e uma mãe indiana. Mas sentimos que, no momento em que meus avós viraram as costas para a própria filha, a cultura estava fazendo o mesmo. Na nossa casa, não seguimos mais a religião ou os costumes. Deixamos quase tudo para trás, com o passar dos anos. Enfim, por mais que eu tenha nascido na Inglaterra e não viva como indiana, o mundo ainda me enxerga como uma, o que dificultou bastante a minha vida até aqui. Mas me conte sobre a sua família.

— M-meu pai se mu-mudou para traba-balhar em uma f-f-filial da empresa do meu avô. Minha mãe o se-seguiu. Nu-nunca mais voltaram à Índia, ex-x-x-ceto para casamentos e festas.

— E quem vive com você? A sua família é grande?

— Mo-moramos to-todos no m-mesmo t-terreno. Meu i-irmão Raj,

minha i-irmã Indira, ca-cada um em su-sua casa. Eu aca-cabei de me mu-
-mudar para a minha t-também.

— Ah, família conjunta?

— I-isso.

— E funciona? Porque eu saí da casa dos meus pais depois da faculdade e não pretendo voltar.

— S-sim. N-nós somos u-unidos e convi-vivemos bem. Mas as ca-ca-
sas separadas dão certa privaci-cidade.

— Claro. Você disse que são casas diferentes, né? Bom, isso deve faci-
litar bastante a vida. Agora, mudando um pouco de assunto, mas ao mesmo tempo não, pode ficar à vontade para não responder. Por que você não
fala sobre suas origens na banda? Acho que apenas os fãs mais devotos
sabem que você é indiano.

— E-eu não falo s-sobre na-nada na banda. Sou gago.

Ela apontou o dedo para mim e abriu um sorriso conhecedor.

— *Touché*. Você tem um ponto.

Pela visão periférica, notei o garçom se aproximando. Nós paramos
de falar, ele serviu a água dela e fizemos os pedidos. Mahara dominou a
conversa e eu só precisei apontar quais seriam minhas escolhas. Quando o
homem se afastou, a atenção dela retornou inteiramente para mim. Impul-
sionado pelo seu olhar, eu prossegui.

— N-não conte a n-ninguém.

— Ninguém vai saber.

— A emp-presa que cu-cuidava da banda era ho-ho-horrível, abusi-
-siva. Finalmente nos livramos d-d-deles. Além de man-mandarem que eu
escondesse a gagueira, e-escolhiam o que queriam que ca-cada um de nós
rev-v-velasse para a mídia. Minhas origens nu-nunca foram algo de que eles
go-gostaram que eu abordasse.

— Eu entendo. Mas fico muito feliz por vocês terem se livrado de uma
empresa horrível, então. Agora pode finalmente falar para as pessoas e ser
você de verdade, não?

— Me-melhor não.

— Ué, por que não?

— É d-difícil para as pe-pessoas, sabe? Ter que li-lidar com um gago.

— Foda-se? — Mahara arregalou os olhos e deu de ombros. Não
aguentei e ri. — Sério, Luca, eu entendo totalm...

— Kalu — disse, sem conseguir me frear. Mahara parou o que dizia e me encarou de novo. — Meu no-nome, na ve-verdade, é Kalu.

— E por que o mundo inteiro te conhece como Luca? — Uma ideia pareceu ter passado pela cabeça dela, pois seu rosto se iluminou. — Foi a gravadora?

— A p-produção do p-programa su-sugeriu como no-nome artístico.

— E por que fizeram isso? Para esconder o fato de você não ser britânico? — deduziu, para o que eu apenas acenei. — Mas que maluquice, porra. Que gravadora maligna. Nem o seu nome eles te deixaram manter? Pelo amor, Kalu é absolutamente normal, fácil de escrever e pronunciar. Tantos nomes mais complexos escolhidos pelos artistas...

Ela negou com a cabeça, absolutamente desacreditada.

— E-eu sei.

— E eu sei que você não gosta de falar sobre o assunto, mas eu tirei a noite para ser sincera com você, então aqui vai: se as pessoas não quiserem lidar com um gago, elas podem ir à merda. Ter gagueira não é motivo de vergonha. Essa é apenas uma característica sua. E quem não gostou, que desgoste na sua própria casa.

Nós enveredamos na conversa por outros caminhos, falando sobre situações absurdas que já tínhamos visto neste mundo e dando risada de casos que aconteceram conosco. Mahara falou bem mais que eu, mas não me senti constrangido de conversar com ela. A cada palavra que saía da minha boca, a pronúncia ficava mais fácil. Eu estava falando devagar, tentando não gaguejar, mas ela era paciente e parecia devorar cada sílaba pronunciada por mim. Perdemos a hora, conversando até quase o horário de o restaurante fechar.

Ela insistiu para dividirmos a conta e, depois de concordar, eu a acompanhei até a saída.

— O-onde você esta-tacionou?

— Ah, eu vim do trabalho, peguei um táxi até aqui. Vou pedir de novo.

— P-posso te levar para ca-casa, então?

Achei que ficaria nervoso, mas não. Depois da noite inteira com ela, de tudo que conversamos, de ter contado meus segredos para essa mulher, eu estava tranquilo em sua presença. Mesmo sabendo que eu era gago e que tinha escondido minha cultura das pessoas, ao ponto de aceitar mudarem meu nome, Mahara não me julgava. E parecia continuar gostando de mim como antes de me conhecer.

Ela aceitou com um sorriso minha oferta de carona. Trouxeram meu

46

carro e eu me adiantei, segurando a porta para Mahara entrar. Lá dentro, pedi que colocasse o endereço no meu GPS. Não era muito longe dali, teríamos cerca de vinte minutos de conversa.

— Conte so-sobre o fi-filme.

— Está pensando em aceitar? — Seu tom era brincalhão, mas fiz questão de não dar esperanças a ela.

— Não. Me-mesmo se qui-quisesse f-fazer algo assim, te-teria que me preparar para nã-não gaguejar em to-todas as falas.

— Não sou fonoaudióloga, mas acho que trabalhar com uma te daria confiança. Não apenas para a questão do filme, que você não vai fazer, mas para sua carreira como um todo. Seus amigos não precisam ser sua boca em todas as entrevistas. Mas, enfim, sobre o filme...

Era engraçada a habilidade dela de mudar de assunto. Mahara não deixava de dizer o que pensava, o que estava em seu coração, porém não forçava as coisas. Mesmo após me sugerir um especialista, ela simplesmente mudou a chavinha e começou a explicar o filme, como era o projeto, o que eles já tinham encaminhado e quem tinham escolhido para atuar. Aparentemente, quase todo o elenco estava montado. Faltavam os atores para nos interpretar e alguns poucos papéis específicos.

Os vinte minutos passaram mais rápido do que eu esperava e logo paramos na frente da casa dela. Enquanto Mahara se enrolava com o cinto, os sapatos que tinha tirado, o blazer, a bolsa e a chave, dei a volta e abri a porta para ela. Ela desceu, ainda um pouco atrapalhada, e estendi a mão para ajudar. Continuei com a mão na dela, mesmo depois de bater a porta.

— Eu geralmente sou mais organizada que isso, juro. — Começamos a caminhar na direção da entrada do seu prédio. — Só me enrolei procurando a chave, e com esse blazer que eu tirei...

— E-eu sou pior. Só nã-não estou enrolado por-porque não trouxe na-nada.

Mahara deu uma risadinha, passando o braço pelo meu. Subimos as escadas e paramos.

— Obrigada pelo jantar. Foi ótimo conhecer mais sobre você. Fique à vontade para me convidar outras vezes.

Sorri, sentindo-me do mesmo jeito.

— Eu ado-doraria convidar você para co-conhecer minha casa, minha fa-família em uma próxima v-vez, tenho certeza de que se da-daria muito bem com a minha mãe, mas ela d-d-definiria você como minha fu-futura

Ninguém Vai Saber

espo-posa, e tenho ce-certeza de que um casamento arranjado nã-não está nos seus planos.

Concordando, Mahara riu.

— Se um dia eu me casar, estarei perdidamente apaixonada.

— P-pensarei em o-outra ocasião para nos e-encontrarmos.

— Agradeço imensamente.

Mahara apertou meu braço e estava se preparando para sair, mas minhas mãos foram para a sua cintura, involuntariamente. Seu rosto ficou sério e ela deu um singelo passo para frente. Minúsculo, mas o suficiente para fazer nossos corpos quase se tocarem. Os profundos e escuros olhos dela me chamaram e eu quase fui. Estava me segurando por um fio.

— Mahara…

— Kalu…

— O-o que e-estamos fa-fazendo?

Eu sentia meu peito se acalmar, bater em um compasso que combinava com a respiração dela. Nunca, com nenhuma outra mulher, na iminência de um beijo, senti meu coração ficar tranquilo. Era sempre pressa, desespero. Dessa vez, não. Eu contemplava sua beleza, inebriava-me com seu cheiro e desejava mergulhar nos seus lábios avermelhados.

Ela puxou um pouquinho de ar, não sei se em um resfolegar ou se para dizer algo. Mas não importava, porque não dei oportunidade para Mahara fazer mais nada. Simplesmente me joguei de cabeça no beijo mais inesperado da minha vida, ao mesmo tempo que era o que eu mais desejara.

OITAVO

And all those things I didn't say, wrecking balls inside my brain. I will scream them loud tonight. Can you hear my voice this time?
E todas aquelas coisas que eu não disse, bolas de demolição dentro do meu cérebro. Vou gritá-las bem alto hoje à noite. Você pode ouvir minha voz dessa vez?
Fight song - Rachel Platten

24 de junho de 2019.
 Muita coisa passou pela minha cabeça nos quatro dias desde que levei Mahara para jantar. Depois do nosso beijo e de uma despedida desajeitada, não voltamos a nos ver. Eu tinha tanta coisa para fazer: compromissos com a banda, coisas da casa nova e um encontro que minha mãe havia marcado. Mas, no meio disso tudo, minha mente continuou viajando pelo que conversamos.
 Família. Cultura. Nome. Gagueira.
 Na noite anterior, sentado no chão do quarto, perto da janela, acabei escrevendo algo. Sempre foi fácil para mim expor o que sentia através da música. Muitas dessas canções nunca viram (e nem veriam) a luz do dia, mas vários dos nossos CDs tinham faixas escritas por mim, com a colaboração dos meus amigos. Era uma das poucas coisas que aquela gravadora de merda tinha feito de bom: o fato de permitir que gravássemos o que tínhamos escrito.
 Nem tudo, é claro. Mas podíamos nos orgulhar de ter cantado aquilo que saiu de um de nós.
 A música em questão era de duplo sentido, embora poucos fossem perceber. A letra falava sobre um homem que, quando tocava a sua mulher, sentia seu corpo relaxar, suas cordas vocais destravarem e sua alma ficar em paz. Mas, na verdade, enquanto eu escrevia, pensava no fato de a música

fazer isso comigo. Quando eu cantava, minha voz não gaguejava, eu ficava tranquilo e minha alma se aquietava. O homem se sentia imbatível quando estava com a sua amada; e era assim que eu me sentia fazendo música.

Porém, quando terminei de escrever, achei que conseguiria dormir tranquilo. Que estaria em paz. Bom, não foi exatamente assim.

Revirei-me para todos os lados, sentindo-me inquieto. Não conseguia pregar o olho. E quando comecei a analisar os motivos para estar assim, as coisas foram ficando claras. Aquela animosidade dentro de mim era o meu ser pedindo para que eu fizesse alguma coisa. Lá atrás, quando Erin perguntou o que gostaríamos de falar, com o que queríamos nos comprometer e trabalhar na nova fase da banda, eu não quis fazer nem falar nada.

Mas a verdade era que eu tinha *muito* a dizer.

Minha cultura é linda.

Meu nome é lindo.

Minha voz é linda.

Não que eu quisesse sair por aí dando entrevistas de duas horas ou fazer pronunciamentos, mas se as pessoas podiam ouvir minha voz cantada e apreciá-la, eu não deveria ter vergonha da minha voz falada. Como disse a Mahara, quem não gostar, que desgoste na sua própria casa.

Durante aquela segunda-feira, eu me reuni com meus amigos por toda a cidade de Londres, resolvendo problemas, fazendo aparições e procurando o melhor momento para dizer o que estava sentindo. Ao final do dia, as coisas começaram a se endireitar. Nós retornamos ao escritório para uma reunião. Estávamos com fome e pedimos comida. Erin saiu da sala para conversar com alguém enquanto devorávamos os hambúrgueres, o que me deixou a sós com os caras.

— E-eu q-quero falar uma co-coisa.

Todos pararam as mordidas no meio do caminho, para me encarar. Terminei a busca pela gravação no meu celular e deixei o aparelho pronto sobre a mesa.

— É, caramba. Quando pede atenção assim, não é boa coisa — Mase, o pessimista, comentou.

— Há algu-gumas s-semanas, Erin p-perguntou sobre as nossas i-imagens, sobre o que go-gostaríamos que o mundo vi-visse de nós. Eu nã-não estava pronto na é-época, mas venho p-pensando nisso e a-acho que o mo-momento chegou. — Respirei fundo porque sabia que, logo que as palavras saíssem da minha boca, aquilo seria definitivo. — Que-quero falar

50

m-mais sobre a Índia. Quero u-usar m-meu nome ve-verdadeiro. E q-q--quero divulgar que sou gago, com essa m-música.

Dei play na faixa que eu tinha gravado no meu quarto na noite anterior, apenas voz e violão. Meus amigos ficaram em silêncio ao ouvir a música. Quando ela terminou, Owen apertou meu braço, dando dois tapinhas. Finn ficou de pé e me puxou para um abraço.

— Estou orgulhoso, porra.

Antes que eu percebesse, todos se juntaram a nós.

— Vocês estão bem? — Erin perguntou, ao entrar na sala e ver que tínhamos largado os lanches, conversando de pé em um círculo.

Meus olhos estavam cheios de lágrimas não derramadas, após uma série de palavras de encorajamento que cada um dos meus amigos me deu. Em seguida, começamos a dizer coisas bonitas e motivadoras um para o outro. Eu poderia transcrevê-las, mas não seria possível traduzir a emoção do momento. A força, a entonação, o sentimento.

— Estamos. — Noah apertou meu ombro e se afastou, voltando para o seu lugar. — Acabamos de ter uma conversa de vestiário.

Erin assentiu, entendendo o momento.

— Quando a ge-gente terminar aqui, eu pre-preciso co-conversar com você.

— Fala logo, mano — Mase incentivou. — Estamos comendo mesmo.

Expliquei resumidamente para Erin a mesma coisa que tinha falado para os meus amigos. Ela sorriu, parecendo feliz por me ver dar esse passo. Mas eu fui além.

— Tam-também preciso e-e-encontrar um fo-fo-fonoaudiólogo. Para ver se ai-inda consigo melhorar.

— Acho que pode mesmo ajudar você, principalmente na parte de te deixar tranquilo quando tiver que conversar. E já que estamos falando sobre este assunto das imagens de vocês outra vez, eu gostaria de sugerir uma coisa. — Ao ver que permanecemos em silêncio, atentos a ela, Erin prosseguiu: — Pensem a respeito, mas pode ser que visitar um psicólogo seja de grande ajuda para os cinco. Terapia faz muito bem, todo mundo deveria fazer, mas na posição de vocês, com a pressão da mídia e os anos de abuso da gravadora, conversar com um profissional pode ajudar a recuperar a confiança, acalmar o coração e dar mais leveza à vida. Se quiserem, é só falar comigo que encontro alguém.

— S-sim para os do-dois. — Mal não faria. E se não der certo, eu posso simplesmente desistir. — E o p-primeiro horário po-possível no estú-túdio seria bom.

— Algum produtor preferido? — perguntou, abrindo a agenda do celular.

— Adrian. Se ele não pu-puder...

Erin começou a discar para ele de imediato. O cara trabalha com a gente há anos e sempre foi um dos nossos favoritos. Quando ela falou que precisava do primeiro horário disponível, Adrian avisou que estava livre naquela noite e que poderia ficar no estúdio por quanto tempo precisássemos.

Chegando lá, não havia ninguém no local, além dele. Ao abrir a porta para nós, Adrian explicou que os funcionários já tinham saído.

— Direitos trabalhistas funcionam para todos, menos para o dono — justificou.

Dentro da sala de gravação, cada um se sentou em um lugar. Adrian ficou em sua mesa, mas girou a cadeira para nós e aguardou que alguém falasse. Finn era o líder e, por causa disso, geralmente era o primeiro a falar ou dar explicações. Nesse caso, eu sentia que tinha que ser eu.

— Adrian, eu sou gago — falei de uma vez. — Se-sempre esco-condi isso, mas vo-vou falar para a-as p-pessoas agora.

O cara arregalou os olhos.

— É por isso que você sempre ficava calado na sua, mano? — indagou, coçando o queixo. Eu apenas assenti. — Entendi. Agora não é mais segredo?

— N-não. Ainda não fa-falei para n-ninguém, mas em bre-breve. Escr-crevi uma música para re-revelar.

— É por isso que vocês precisam de mim? — Logo que concordamos, ele continuou: — Então vamos ouvir.

Assim como fiz com meus amigos, coloquei para ele escutar a faixa que eu tinha gravado. Adrian ficou em silêncio e fechou os olhos, ouvindo. A cabeça começou a se mexer no ritmo.

— Escute esse som aqui — disse, quando a música acabou.

Ele acessou algo no computador, colocando um som de pratos para tocar. Então pediu que eu cantasse a ponte depois do segundo refrão. A partir dali, fomos criando a canção, juntos. Concordamos que uma guitarra com distorção combinaria melhor com a música, e acabei dentro do aquário de gravação para fazer a base. Fui também o primeiro a gravar minha voz. Quando terminei, meus amigos estavam enlouquecidos, assobiando, alguns com lágrimas nos olhos. Eles abriram a comunicação no meu fone e conversamos através do vidro.

— Eu acho que essa música deveria ser um solo seu, mano — começou Owen. — Deveríamos entrar apenas no refrão e na segunda voz.

Todos os outros concordaram. Fiquei um pouco inseguro, porque nunca tinha sido o único a cantar uma faixa. Era o que recebia mais linhas, mas nunca cantava sozinho. Ninguém nunca fazia isso.

Mas esta nova fase da banda era feita de recomeços. Equipe nova, gravadora nova, decisões novas e até mesmo um nome novo.

Nós seguimos em frente, gravando todo o possível naquele dia. A música começou a tomar corpo e Adrian prometeu entregá-la o mais breve possível. Não sabíamos o que fazer com ela, mas descobriríamos com o tempo.

Quando cheguei em casa, já passava e muito da meia-noite. Mas eu me sentei debaixo da janela do meu quarto, com a lua iluminando parte do meu corpo, e uma sensação de completude me tomou. Não que eu estivesse inteiro na vida, mas naquele momento parecia que sim. Depois de muito tempo me sentindo estranho, o diferente, o gago, o indiano, o que não se encaixava, era uma sensação diferente para se ter. Naquele momento, eu estava completo. Naquele momento, eu estava bem.

Agora eu precisava aprender a fazer aquele momento durar por muito e muito tempo.

Nono

'Cause you give me something that makes me scared, alright. This could be nothing, but I'm willing to give it a try.
Porque você me dá algo de que me faz sentir medo, e tudo bem. Isso poderia não ser nada, mas estou disposto a dar uma chance.
You give me something - James Morrison

11 de julho de 2019.
— Kalu, você está pronto?

A mudança de nome veio com dificuldade. Meus amigos e a equipe, é claro, aceitaram prontamente; mas depois de anos sendo chamado do mesmo jeito, velhos hábitos demoram a morrer. Quem se acostumou com mais facilidade foi Erin.

O fato de tudo estar mudando parecia ser mais um agravante na dificuldade das pessoas. Por mais que se esforçassem, Luca ainda deslizava dos lábios de alguns vez ou outra, assim como Age 17, o antigo nome da banda. Atendíamos por Our Age agora, nome que nossos fãs escolheram.

Mas todos iriam se acostumar. Assim como se acostumariam com o fato de eu ser gago, quando revelasse isso. Esperava que se acostumassem.

Tinham que se acostumar.

— Estou. — Fiquei de pé, passando a mão pela camisa para tirar as dobras. — E-ela já chegou?

Erin assentiu, saindo da porta e convidando-me a segui-la.

Nosso escritório estava praticamente pronto, agora com um estúdio de gravação e tudo. Entrei em uma das nossas salas de reunião, a menor de todas, para apenas quatro pessoas. Emma era a minha fonoaudióloga. Essa não era a primeira vez que nos encontrávamos, mas consegui ficar nervoso mesmo assim.

Eu confiava em Emma. Ela não me prometera mundos e fundos. Explicou que, se eu houvesse sido tratado quando criança, teria conseguido evoluir bem mais no resultado. Isso não aconteceu, então agora avançaríamos o máximo possível. Por mim, tudo bem.

Nas últimas semanas, havia começado a entender que ser gago não era nenhum pecado. Era uma característica. Eu tinha vivido com ela por anos, mais de vinte, e sobrevivido. Alguns tinham mau hálito, eu era gago. E daí? Lidem com isso. Cada um com seus problemas.

As sessões duravam cerca de uma hora. Por sorte, Emma tinha aceitado vir até o nosso escritório. Eu andava com tanto trabalho na banda que quase morava lá.

Adrian entregou nossa música pronta dois dias depois de gravarmos. Ele gostou tanto, que ficou trabalhando nela incansavelmente. Nós a demos para a nossa nova gravadora, que achou que era uma ótima forma de começarmos nossa parceria. Tínhamos contratado uma gravadora para a única função de promover as músicas, o papel tradicional dela. Todo o resto da gestão da nossa carreira seria por nossa conta. Entramos em contato com um diretor de clipes com quem trabalhamos uma única vez, mas que tinha feito um dos nossos melhores trabalhos, e começamos então a buscar tudo que era necessário para fazer acontecer.

A música sairia à meia-noite daquele dia para o próximo; o clipe, às 10h. E nós teríamos um dia inteiro para lidar com a imprensa.

Mas uma coisa de cada vez. Na agenda desse dia, a fono era o compromisso do momento, porém estávamos prestes a entrar no estúdio para gravar uma versão ao vivo da música.

A verdade é que os fãs tinham recebido um álbum novo há pouquíssimo tempo e não esperavam o anúncio da minha música, mas eles não sabiam de tudo. Ainda que quisessem uma turnê para promover o último lançamento, só o que desejávamos era esquecer o que tínhamos vivido e cair com tudo no trabalho novo. Um trabalho que mostrava cada vez mais o que éramos e com o que nos importávamos.

Tudo começava com a música em que revelava que eu era gago.

Não que isso estivesse em qualquer parte da letra, mas estaria em todas as entrevistas. Já tínhamos combinado isso com o primeiro veículo que nos entrevistaria, uma rádio, e a primeira pergunta seria sobre a inspiração da faixa. E diferentemente do que aconteceu até então, Finn não tomaria as rédeas para responder. Eu falaria.

As pessoas teriam que lidar com a revelação. E isso eu aprendi com outro profissional muito presente na minha vida ultimamente: Lamar, meu psicólogo.

Quando a sessão com Emma terminou, todos já me aguardavam na recepção. De lá fomos para a van, seguir com nosso dia. No meio do caminho, meu celular piscou com uma mensagem de texto. Era de Mahara.

> Boa sorte amanhã no lançamento!
> Estou ansiosa para ouvir. <3

Com tanto trabalho nos últimos tempos, não conseguíamos conversar muito. A verdade era que, além da minha rotina maluca, a dela não ficava muito atrás. Mas, em vez de responder a mensagem, decidi que ligaria para ela assim que possível. Foi o que fiz. Enquanto todos corriam de um lado para o outro no estúdio, achei um canto e me isolei. Tocou umas duas vezes antes de ela me atender.

— E-espero nã-não estar incomodando — disse, depois de nos cumprimentarmos.

— Eu estava precisando mesmo de uma pausa aqui. Não tem problema.

— Não v-vou te prender. Também estou t-trabalhando. Só queria agradecer p-pela mensagem e saber como v-você está.

— Estou bem. Correndo feito doida para manter o projeto do filme no prazo. Deixando minha diretora de elenco maluca. — Nós dois rimos. — E você? O que tem feito?

— Bom, e-essa era a se-segunda coisa q-que eu queria falar com vo-você. Desculpa por simplesmente ter su-sumido depois do nosso b-beijo, mas muita coisa aconteceu d-desde então. Decidi falar com as p-pessoas sobre a gagueira. Vou pa-passar a usar meu no-nome verdadeiro como nome a-artístico. Estou fazendo fono… T-tanta coisa, Mahara. O-obrigado por ter me enco-corajado nisso. Sem você, eu nã-não teria tido cora…

— Não me agradeça. Eu só apontei coisas que estavam claras para mim.

— Bom, a-apontando ou encorajando, foi importante para o me-meu processo.

— Acho que você me deve outro encontro então, para me contar tudo que mudou na sua vida.

Eu ri, porque a mulher simplesmente era um gênio. Atacante nata.

— Os próximos di-dias serão u-uma loucura. Podemos deixar para o f-f-fim de semana que vem?

— Sábado? À tarde? Eu meio que quero levar você para um lugar aqui perto. Acho que você pode gostar, se não conhecer.

— Tu-tudo bem. Combinamos o horário ma-mais perto?

— Por mim está ótimo. A propósito, pensei em algo aqui para o filme e preciso mesmo pedir sua permissão para fazer.

Erin escolheu esse momento para acenar para mim à distância, pedindo que eu fosse até ela. Mas Mahara tinha atiçado minha curiosidade.

— O-o que é? Fiquei cu-curioso.

— Não sei como você se sente a respeito, mas talvez fosse interessante levar para o seu personagem isso que você está querendo mostrar ao público agora. A sua cultura. O fato de ser gago. A menos que você não queira.

Respirei fundo, pensando a respeito. Se o personagem era de uma fanfic, baseado em mim, as pessoas fariam a ligação. Se o Luca do filme não fosse indiano, nem gago, seria como apagar uma parte importante de quem eu era. Fiquei me perguntando se os personagens dos meus amigos tinham algo que os definisse também, características que se aproximassem das deles.

Eu teria que ler o roteiro todo.

— A-acho que pode ser uma bo-boa ideia. Mas você pode me dar uns do-dois dias para responder?

— Leve o tempo que precisar.

Nós nos despedimos e desligamos. Caminhei na direção de Erin, virando a chavinha na minha cabeça para o trabalho que deveria ser feito.

20 de julho de 2019.

Uma hora e quarenta depois de entrar no carro de Mahara, nós chegamos ao local sugerido por ela. Não era em Londres, mas em East Sussex. Apesar de ser verão, ela sugeriu que levássemos casacos e não me disse muito mais do que isso. Por fim, paramos no local conhecido como Seven Sisters, as falésias brancas que ficam à beira de um mar azul bem clarinho, que é parte do Canal da Mancha.

Ela me explicou que Luke, o personagem inspirado em mim, sempre vinha até aqui para fugir um pouco dos problemas. Explicou que havia uma pequena trilha de uns vinte minutos até a praia, depois muito mais tempo de caminhada até chegarmos às falésias em si. Combinamos de caminhar até nos cansarmos, sem nos comprometermos com o caminho inteiro.

Nas duas horas que passamos lá, conversamos. Acho que todas as vezes em que falei esse tanto, estava ao lado daquela mulher. Mas Mahara era divertida, paciente e engraçada. E nunca deixava o assunto morrer. Paramos em algum momento, sentados em uma toalha que ela guardara na minha mochila. Havia também uma garrafa de café, que nós dividimos. Não era exatamente um piquenique, mas havia uma toalha xadrez e uma bebida. Ela me contou que queria gravar uma cena ali, porque achava importante.

— A verdade é que a fanfic é enorme e tivemos que dividir o roteiro em mais de um filme. Como não sabemos se ele vai dar certo, colocamos no primeiro os momentos mais importantes e que achamos que os fãs vão querer ver. A primeira vez que o personagem vem aqui ficou para o segundo filme, mas ele já tinha citado que veio outras vezes, então achei que seria uma adaptação justa.

— P-por que você acha que este lugar é tão importante para o Luke?

Ela fez silêncio, tomou um gole de café e olhou ao redor por um momento. Depois de pensar, só então explicou:

— Acho que aqui é o único lugar onde ele consegue pensar sem a pressão do que está acontecendo com ele e os amigos da agência. Ele sempre vem aqui depois de um trabalho. A história fala que ele se deita em uma toalha de piquenique e fica olhando para as falésias, ouvindo música nos fones. E sempre sai daqui com uma solução para as missões ou outros problemas da vida.

Puxei minha mochila para perto, procurei pelos meus fones dentro dela. Depois de localizá-los, os conectei no meu celular e escolhi uma música.

— O que foi? — perguntou, em dúvida, ao me ver deitar-me na toalha.

Estendi um dos fones em sua direção e, quando ela o segurou, bati no lugar ao meu lado. Nem lembro o que estava tocando. Naquele momento, peguei uma característica do personagem Luke, que tinha tanto de mim, aparentemente. Peguei seu gosto por aquele local e sua mania de organizar os pensamentos ali.

Ao lado de Mahara, o mundo ficou pequeno. Tentei olhar para as falésias, mas o perfil dela ficava na frente das Seven Sisters. Quando percebeu

58

que eu estava olhando, virou-se de lado para me olhar de frente. Imitei seu movimento. O zumbido do universo desapareceu e só havia nós dois.

Eu li o roteiro algumas vezes depois da nossa conversa por telefone. No fim, o filme era um bom projeto. Nossas fãs certamente adorariam nos ver atuando nele. Mas a verdade é que eu não sabia bem o que fazer. Apesar de estar crescendo em mim a vontade de dizer sim, era provável que fosse tarde demais.

Mas, naquele momento, os pensamentos de viver Luke não perduraram na minha mente. A respiração tão próxima de Mahara se misturou à minha, e o calor do seu corpo emanou para o meu. Precisávamos ficar próximos por causa do fone, mas a cada segundo eu sentia como se fosse puxado para ela. Sua testa tocou a minha, seu cheiro impregnou meus poros. Eu estava a segundos de devorar aquela mulher, sabia disso, e não havia nada que fosse capaz de me impedir. Então decidi não desperdiçar mais tempo. Nós dois éramos ocupados demais para deixar para depois.

O beijo envolveu lábios, línguas, mãos, suspiros, cordas vocais, pernas e fôlegos. E só terminou porque aquele era um local público, apesar de bem vazio.

Eu não pretendia me apaixonar, me envolver com alguém, nutrir sentimentos por outra pessoa, mas o que acontecia comigo quando estava com Mahara era ainda mais inesperado.

Era um dos poucos momentos em que me sentia confortável para falar, para ser eu. Não apenas o desejo carnal passava por mim, mas o afeto, a vontade de estar por perto. Tocá-la. Dividir momentos da minha vida.

A verdade é que aquilo que eu buscava nas mulheres que minha mãe me apresentou, encontrei de uma vez só em Mahara. O que em si era um problema, porque havia prometido para a minha mãe que me casaria com uma de suas pretendentes. E não conseguia ver Mahara concordando com a experiência e decidindo se casar rapidamente, como minha família desejava, mesmo com sua origem indiana.

Eu tinha muita coisa para ponderar nesta vida, e a experiência de Luke não ajudou em nada. Não saí das Seven Sisters com uma solução para os meus problemas, apenas mais questões para pensar.

Um problema de pele marrom, cabelo escuro e o sorriso mais acolhedor que já vi.

E, fala sério, o par de seios mais bonito de todos também.

Décimo

I can't find no silver lining, I don't mean to judge, but when you read your speech, it's tiring. Enough is enough.
Não posso achar o lado bom das coisas, julgar não é minha intenção, mas quando você lê o seu discurso, é cansativo. Já tive o suficiente.
La La La - Naughty Boy feat. Sam Smith

20 de julho de 2019.

Na volta para casa, Mahara me fez dirigir. Disse que quis vir com o carro dela para manter a surpresa, mas que tinha conduzido muito e era sua vez de descansar. Não questionei. Eu gostava de dirigir e não fazia isso com tanta frequência. Conversamos por todo o trajeto, sobre tantos assuntos que eu já nem conseguia mais lembrar exatamente quais eram. A facilidade com que mudávamos de tema era impressionante para mim.

Já em Londres, começamos a discussão sobre o que faríamos primeiro. Comer? O quê? Na casa dela? Na minha?

— Eu q-quero te deixar em ca-casa — insisti, rapidamente roubando um olhar para ela. — Depois p-posso pedir um carro.

— Se você vai me deixar em casa, já fica o convite para subir e tomar um chá.

Era perto das cinco da tarde, a hora do chá na Inglaterra. Era engraçado pensar que Mahara pudesse ter tal tradição.

— Chá nã-não é muito a minha, mas ace-ceito o convite.

— Tudo bem. Então pegue a próxima saída e eu vou guiando você pelo restante do trajeto.

Uns quinze minutos depois, estacionamos na frente do seu prédio. Eu já tinha vindo antes, à noite, mas a região parecia bem diferente com a luz do fim da tarde. O bloco de apartamentos era de tijolinhos, mas todas as molduras das janelas e das portas eram brancas. Mahara morava no segundo andar, em um apartamento pequeno, extremamente feminino e acolhedor.

— Sinta-se em casa. Quer tomar um banho? Beber alguma coisa?

Eu não queria nem pensar em Mahara tomando um banho, minha mente seguiria por caminhos perigosos.

— S-só a bebida. E tirar este sa-sapato… — comentei, desamarrando os cadarços. — Tudo bem?

— Claro. Eu já volto. Vai pensando no que quer beber. Tenho café, cerveja, vinho, e deve ser possível fazer algum suco.

Mahara desapareceu no corredor, mas não demorou para voltar. Fui imediatamente atraído pelas pernas nuas, sem a calça jeans. Olhando dos pés até a barra do shorts, pareceu um longo caminho. A camisa comprida roçava a borda da peça, chamando-me para tomar uma atitude. Mas me comportei.

— Cerveja — disse, simplesmente.

— Ótimo. Também estou na *vibe*. — Ela se encaminhou para a cozinha. — Quer comer alguma coisa? Pensei em fazer um sanduíche.

Concordei. Seguindo-a até lá, debrucei-me sobre a ilha central e vi quando ela se esticou para pegar o pão no armário de cima, a bunda redondinha despertando coisas em mim.

Ela foi até a geladeira em seguida, tirando outros ingredientes para os sanduíches.

— Esqueci de perguntar se você é vegano.

Claro. As vacas são sagradas na Índia, e o mundo acha que todo indiano é vegano. O que não é verdade, no meu caso.

— I-infelizmente, não fui capaz de me li-livrar de um bom bife grelhado depois que o provei pela primeira vez.

Ela concordou e fez os sanduíches. Procurei em suas gavetas por um abridor e tirei a tampa das duas garrafas, deixando uma perto dela. Antes de beber, brindamos com o gargalo. Ficamos sentados na cozinha, comendo os sanduíches e tomando nossas cervejas.

— Falei para o meu pai sobre você — Mahara comentou, como se não fosse nada, e meus olhos se arregalaram. — Com a minha mãe não, porque ela certamente surtaria e pensaria em casamento.

— So-sobre o que vocês co-conversaram?

— Ele perguntou sobre como estava o filme, e eu contei que não tínhamos conseguido que vocês atuassem. Meu pai é meu melhor amigo, logo falei com ele sobre ter ido atrás de você, ter te perseguido e termos saído algumas vezes. Então comentei sobre você ser indiano.

— Entendi. — Rindo, cocei a cabeça. Pensei na minha própria família. — Nã-não cheguei a falar sobre v-você na minha f-f-família, mas no dia em que fomos jan-jantar, minha mãe quase p-perdeu a cabeça. Contei que ela está tentando me arrumar um casamento?

— Mesmo? — Foi a vez de ela arregalar os olhos, parecendo verdadeiramente assustada. — Não temos boas experiências a respeito disso lá em casa.

— Você contou. Mas n-não é nada forçado. Meus pais são pa-pacientes e só vou me ca-casar quando encontrar alguém que gosto. É como s-se eu saísse com alguém que u-u-um amigo me apresentou, porém o amigo é meu pai. Ou minha mãe.

— Faz sentido. Mas é uma pena, porque eu adoraria que pudéssemos desenvolver um pouco mais o que está rolando entre a gente.

Ah, sim. Queria conseguir pensar no que estava rolando entre a gente. Porque nós nos vimos algumas vezes, saímos em encontros, nos beijamos, mas não era um relacionamento nem nada.

Mas eu bem queria que fosse.

— E você go-gostaria de desenvolver o que está se d-d-desenrolando entre a gente, mesmo sabendo que a minha f-f-família é indiana e continua seguindo os co-costumes?

Ela ficou em silêncio por um tempo, estudando meu rosto. Pensando. Considerando.

— Lá em casa, a gente sempre teve muito medo mesmo de enfrentar aquilo que minha mãe enfrentou. Acho que não falei de você com ela justamente por conta disso. Mas eu conheço você; pouco, mas conheço. E não consigo ver em você o que a minha mãe viveu. Acho que eu gostaria de desenvolver, sim. E se der errado… — Ela deu de ombros.

Levantei-me do banco alto onde estava sentado e dei a volta no balcão. Girei o assento dela para que ficasse de frente para mim, afastei seus joelhos e apoiei minhas mãos na bancada, cercando-a.

— V-vou avisar à minha mãe para s-segurar um po-pouco a indicação de candidatas. A gente pode sair mais algu-gumas vezes, você pode ver que eu s-sou um cara legal. E depois eu te apresento a e-ela. Se der certo — dei de ombros, imitando seu gesto —, ótimo. Se não der, não deu. Pode ser?

— Gosto da ideia — sussurrou, o olhar migrando entre o meu rosto e a minha boca, perigosamente perto da dela.

— Mudando de assunto mu-muito rápido. Se você ainda q-quiser, eu quero fazer o seu filme. Vou falar com os caras, eles já ti-tinham concordado mesmo. Pensei muito, as coisas que vo-você me disse hoje ajudaram. Se isso for atrap-palhar o seu cronograma, é só me dizer, mas adoraria ser o s-seu Luke.

— Estou adorando essa sua versão mais falante. Tantas boas ideias em poucos minutos. — Nós dois rimos, baixinho. Mahara se inclinou para frente, passando os braços pelo meu pescoço. — Adoraria que você fosse o meu Luke, mas apenas se estiver fazendo isso por si mesmo.

— Eu estou.

— Ótimo. — Ela começou a passar a ponta do nariz pelo meu rosto, nas bochechas, na testa, no queixo…

— Ótimo. — Sem conseguir ficar tão perto sem fazer nada, fui com a boca até o lóbulo da sua orelha. — P-podemos pular para a parte em que co-conhecemos mais um ao outro?

— Achei que você nunca fosse pedir.

Mahara esmagou os lábios nos meus e eu fui apresentado a lados daquela mulher que ainda não conhecia. Depois de horas em que tínhamos conversado sobre nossas vidas, optamos por falar menos e agir mais.

Décimo Primeiro

Vou mostrar todas as coisas que vocês não deram valor, que nunca esperaram ver desse menino do interior.
Monstros - Jão

26 de julho de 2019.

Eu já nem gaguejava mais quando tinha que falar sobre a inspiração por trás da música nova. Literalmente, todas as entrevistas que nós demos tiveram essa pergunta. A resposta decorada saía da minha boca com uma facilidade impressionante. Na primeira vez que comecei a responder as perguntas, fiquei nervoso e gaguejei bastante. Mas me lembrei do que Emma me ensinou e fui relaxando. A fala ainda não estava limpa, mas já parecia bem mais fluida.

As notícias sobre minha dificuldade na fala geraram diversos questionamentos. Em linhas gerais, nossos fãs (e haters) se perguntavam: *se eles foram proibidos de falar disso, se esconderam por todo esse tempo, o que mais estava acontecendo e ninguém sabia?*

Nós não falaríamos sobre o que passamos na gravadora. Estava no contrato que assinamos, garantindo que não difamaríamos a empresa publicamente. O fato de não ter que citar o nome deles me agradou. Eu não queria ficar remoendo aquela história.

Era hora de a Our Age focar em seu futuro. Nome novo, identidade visual nova, álbum novo, postura nova.

Uma semana depois de eu ter aceitado fazer o filme de Mahara, estávamos com o contrato assinado e prontos para começar as gravações no fim do ano. Emma já estava ciente e preparando-se para me ajudar com as falas. O fato de o personagem ser gago me ajudaria muito, mas eu sabia que me sentiria melhor para atuar se ela me preparasse para o papel.

O carro em que estávamos parou em frente ao restaurante onde havíamos marcado o jantar. Depois de um festival em que participamos para uma rádio, à tarde, aproveitaríamos o momento em que todo mundo deveria comer para acertar algumas arestas, assinar alguns contratos e receber os roteiros que Mahara fez questão de trazer pessoalmente para nós. Ela também nos revelaria os outros nomes do elenco e os pares românticos. Esse era um assunto de grande debate entre a banda, já que agora o único solteiro era Mase. E eu me incluía no grupo dos comprometidos.

Uma semana poderia ser pouco para os ocidentais, mas desde que Mahara e eu combinamos de conhecer um ao outro, era isso que eu estava dedicado a fazer. Contei para minha mãe que não queria ser apresentado a nenhuma jovem, porque tinha conhecido uma pessoa. Ela surtou um pouco, exigiu que eu levasse quem quer que fosse para vê-la e fez várias perguntas sobre as origens da mulher, o signo do zodíaco e a religião dela.

A resposta que dei a ela foi pedir que relaxasse, que no tempo certo ela saberia. Minha mãe deu um tapa em minha nuca, depois saiu de perto, brava. Eu esperava uma reação pior, então tudo bem. Dei de ombros e segui em frente.

Do lado de dentro do restaurante, Mahara estava de pé perto da mesa, em um canto mais reservado, falando ao telefone. Seu corpo incrível estava coberto por uma calça flare preta, uma blusa decotada verde-musgo, sapatos de salto alto e joias. Simplesmente linda. Todos a cumprimentaram e eu fiquei por último. Passei um braço por sua cintura, dando um beijo leve em seus lábios.

— E-esperou muito tempo?

— Não. Peguei tanto engarrafamento na saída do show, que era melhor ter esperado por vocês.

— Da-da próxima vez, e-espere. — Beijei seus lábios de novo, podia fazer isso para sempre. Na sequência, puxei a cadeira para que ela se sentasse.

A mesa estava lotada de conversas paralelas, cada um pensando no que pediria. Só quando o garçom terminou de anotar os pedidos, Erin pediu nossa atenção.

— Kalu, estou com o contrato para você assinar. Gary já o analisou e está tudo certo, mas dê uma lida. Há um cronograma no final — ela mostrou a ponta da folha —, para você saber aonde eles o seguirão e quem entrevistarão. — Esticou o braço, entregando-me a papelada.

Era um documentário falando sobre mim, onde minha carreira havia começado e como foi esconder do mundo quem eu era. Uma emissora de TV britânica tinha oferecido para fazê-lo e nós concordamos. Por mais que a premissa fosse eu ter que falar por muito tempo, achavam que essa era uma boa ideia. Não sei como, mas eu faria aquilo.

— Seguindo as atualizações. Noah, a gravação daquele programa de que falamos vai acontecer na semana que vem. É sobre negros na indústria da música. Já discutimos, mas é só para você se lembrar do que estou falando. Além de você, parece que convidaram mais três artistas. Finn, com essas gravações e os outros compromissos dos meninos, conseguimos dez dias livres para você daqui a duas semanas. Podemos tocar seus projetos depois. Dê uma olhada aqui — ela entregou a ele um tablet — e me diga qual dos voos te agrada mais. Vou resolver as passagens.

— Esse primeiro, porque chega antes — respondeu, depois de olhar as opções por dois segundos.

— Ótimo. — Ela deu dois cliques na tela. — Mahara, pode começar a sua parte enquanto resolvo isso? Depois eu finalizo com outros avisos.

Mahara concordou e distribuiu os roteiros para cada um de nós. Na frente, havia o título do filme e os nossos nomes.

— Vocês receberão os roteiros completos por e-mail. Aí estão apenas as cenas de cada um. Sei que já leram a história, mas fizemos algumas alterações. Nada que possa ser um problema, acredito, mas podem falar comigo se acontecer alguma coisa.

Ela continuou falando e tirando dúvidas. Eu não consegui perguntar nada, porque estava encantado com sua beleza, seu profissionalismo e sua voz tranquila.

Contou quem seriam as atrizes, e Noah não parava de lançar olhares para Erin, mesmo que ela estivesse totalmente focada em comprar as passagens de avião de Finn e não se importasse nem um pouquinho sobre com quem o namorado teria que dar um beijo técnico.

A comida chegou, o que nos fez pausar o assunto. Pelo restante da noite, conversamos sobre as gravações. Na hora de sairmos, Kenan nos esperava à porta, do lado de dentro. Seu rosto estava extremamente sério.

— O que houve, mano? — Mase perguntou, parando ao lado dele.

— Essas pragas estão em todo canto aí fora. Acho que estão atrás de vocês. Vou pedir para as moças irem para o carro primeiro, depois volto com Dave para buscar vocês cinco.

Mahara e Erin foram na frente. Nós ficamos lá, esperando. Kenan e

Dave voltaram juntos e, logo que colocamos os pés para fora, os jornalistas brotaram. Não era a primeira vez que passávamos pela multidão de flashes, mas esse nunca era um prenúncio de algo bom. Erin aguardava por nós do lado de fora da van, a porta aberta para entrarmos com facilidade. Foquei nela, tentando ignorar as perguntas. O foco dos paparazzi estava em Owen, mas foi impossível não perceber o que eles queriam saber, já que a pergunta aparecia o tempo todo:

— Quem é o homem da foto? Layla traiu mesmo você?

— Parem de desenterrar assunto velho — ele reclamou, esquivando-se.

Nossos seguranças nos colocaram para dentro da van. Fui o último e vi Erin sair, pegar um dos papéis da mão de um paparazzo e entrar no veículo. Eu me sentei ao lado de Mahara, Erin com Noah, e o trio Owen, Finn e Mase nos fundos. Fiquei de olho em Erin, que quase enfiava a foto na cara. Quando Dave saiu com a van, ela ficou de pé e foi para a parte de trás.

— Não parece ser você, mas acho que a foto é antiga. — Esticou a imagem para Mase, que parecia um pouco entediado.

Como eu estava virado para trás, assisti de camarote o olhar no rosto dele ao ver aquela cena. O susto, o tom pálido que sua pele assumiu. Ele logo tratou de disfarçar, mas eu vi. Mase sabia quem era o cara beijando a namorada de Owen, mas não falou nada. Imaginei que fosse por eles serem amigos muito antes de Layla conhecer o namorado.

Guardei aquelas informações comigo, as trocas de olhares. Quando todas as teorias sobre a foto terminaram, pedi para ver. E foi então que entendi a expressão que tinha visto no meu amigo.

Mantive o silêncio, porque não era nem hora e nem lugar, mas eu estava tenso. Mahara percebeu e colocou a mão na minha coxa.

— Quais são nossos planos agora?

Estávamos indo para casa, então poderíamos fazer qualquer coisa.

— O-o que você quiser.

— Um vinho lá em casa para encerrar a noite?

Gostando da ideia, assenti. Ela deitou a cabeça no meu peito, passei o braço por seus ombros e obriguei meu corpo a relaxar. O mais novo drama da Age poderia ficar para depois. Eu tinha algo muito mais importante para resolver no momento: as batidas descontroladas do meu coração, que poderiam ser ouvidas por Mahara, devido à nossa proximidade.

Epílogo

I'm bending it over, you're my four leaf clover. I'm so in love, so in love. There's no one above up above. Forever's a long time, yes.
Estou me entregando, você é meu trevo-de-quatro-folhas. Eu estou tão apaixonado, tão apaixonado. Não há ninguém mais importante. Para sempre é muito tempo, sim.
Japanese Denim - Daniel Caesar

11 de fevereiro de 2023.

Felicidade foi algo que eu construí aos poucos desde que dissemos adeus à nossa antiga gravadora.

Eu achava que era feliz. De verdade. Achava que a minha vida estava boa como era, pensei que estivesse satisfeito. Mas, então, tudo aconteceu naquele ano de 2019. E mesmo com as críticas das pessoas e o pesadelo que foi a pandemia da covid-19, consegui encontrar alegria e paz nessa jornada.

Mas se cheguei a este ponto, tinha que admitir que muitos foram os fatores que contribuíram.

O fato de poder ser mais honesto com meus fãs.

Parar de me esconder.

Cantar sobre a minha verdade.

Dividir momentos bons e ruins com meus amigos.

Amar Mahara.

Amar, porque o longo caminho que trilhamos nos levou ao sentimento, que se mostrou inevitável. Depois do tanto que fizemos um pelo outro e da estrada que dividimos, eu me vi apaixonado pela mulher séria, trabalhadora e de sorriso fácil.

Minha mãe não conseguiu esperar por muito tempo. Depois de me ver chegar tarde duas vezes, tive que dizer que estava na casa de Mahara.

Quando ouviu o nome da garota com quem eu estava saindo, teve a certeza de que ela era indiana. Mesmo eu tendo explicado várias vezes que havia Maharas em outros países.

— Não minta para a sua mãe, menino! Se a moça for indiana, nós queremos conhecê-la. Você já gosta dela, o que está esperando para propor casamento? Qual é o problema? A família dela é pobre? Sabe que não ligamos para isso.

Eu pedi uma semana para a minha mãe. Que ela me desse mais uma semana, então responderia todas as perguntas sobre a minha namorada.

E eu nem tinha pedido Mahara em namoro naquela época. Era claro que agíamos como tal, mas estabelecer as coisas se mostrou algo importante em um relacionamento. Aprendi na pele.

Na próxima vez que nos encontramos, eu a pedi em namoro. Conversei sobre a minha mãe. Apesar de já ter citado o fato, expliquei que ela desejava me casar com alguém e o que isso implicaria a Mahara. Lembro bem que, na época, ela foi incisiva na resposta:

— Não vou me casar às pressas. Quero ter tempo para conhecer a pessoa com quem vou passar o resto da vida. E só quero me casar por amor. Aceito ser sua namorada, mas isso não significa que sua mãe pode marcar nossas bodas para sábado que vem.

Garanti a ela que esse também era o meu desejo. Disse que queria falar de nós, contar sobre a mulher que eu tinha conhecido e com quem estava me relacionando. Assim, acalmaria o coração da minha mãe e prepararia Mahara para o fatídico momento em que ela fosse conhecer minha família.

Com tudo acertado, contei para minha mãe tudo o que poderia dizer sobre ela, em um jantar. Sua origem, como a família indiana excluiu a mãe de Mahara por ter decidido se casar com um estrangeiro. Expliquei que, hoje em dia, eles não seguiam muitos dos nossos costumes, apesar de ela conhecer cada um deles. Toda a minha família ficou sensibilizada com a situação e respeitou o nosso tempo. Por estarmos em outro país, longe dos meus avós e tios, era fácil entender o que a mãe de Mahara deve ter sentido.

Quando nosso relacionamento estava maduro o suficiente, levei-a para jantar em casa. Minha mãe preparou um banquete, fez uma faxina completa e tentou se informar de todos os gostos da minha namorada. Ela, por outro lado, estava com um olhar extremamente assustado ao chegar na minha casa. Eu a recebi do lado de fora, vi-a sair de seu carro usando um lindo *choli* — maneira como chamamos, na Índia, o tipo de blusa que mostra a barriga — roxo, de mangas até o meio do antebraço, uma saia longa e um sári.

— Eu simplesmente não sabia o que vestir — ela me disse, na época. — Fiz minha mãe ir lá em casa me ajudar. Espero que sua mãe...

— Vo-você está linda — cortei-a, segurando seu rosto em minhas mãos. — N-não precisava ter usado roupas indianas para vir. Mas te-tenho certeza de que minha mãe vai ficar em êxtase.

E ficou mesmo. Quando entramos, os olhos dela brilhavam mais do que as estrelas do céu. Sabia que a nora perfeita tinha entrado em sua casa. Trouxe Mahara para debaixo de suas asas e passou a tratar minha namorada como filha. Os meses se passaram, a pandemia veio e o nosso relacionamento cresceu. Mas não só o de nós dois, o de toda a família. Dizem que quando dois jovens indianos se casam, as famílias se casam também.

Fui conhecer seus pais, que não foram tão receptivos. Mahara explicou que eles tinham medo por eu ser indiano, estavam preocupados de que minha família poderia ser tão preconceituosa quanto a da mãe dela. Mas com o tempo todos se encontraram e nossos pais se tornaram bons amigos. Era comum eu chegar em casa, de um show, e encontrar a mãe dela tomando chá com a minha ou saber que elas tinham saído juntas.

Felizmente, nossos mundos se alinharam.

Em um primeiro momento, foi difícil convencer Mahara do casamento tradicional. Mas então minha mãe entrou no jogo e se tornou simplesmente impossível negar. As duas eram tão apaixonadas uma pela outra, que minha noiva não soube dizer não. E foi por isso que ontem nós começamos a primeira das três noites da festa de casamento.

Iniciamos pelos ritos de purificação e preparação para a vida a dois: Haldi, quando as mulheres da família passaram uma pasta de cúrcuma com folhas de mangueira em nós; Mehendi, quando fizeram tatuagens de hena nas mãos e nos pés de Mahara; e Sangeet, a festa com amigos e família, em que todos se esforçaram com números de dança.

Aquele era o dia da oficialização do matrimônio. Por estarmos na Inglaterra, mudamos um pouco o Baraat, em que eu andaria pelas ruas montado em um animal para encontrar minha noiva. Caminhei a pé, cercado pelos meus amigos e convidados, até chegar ao *mandap* para encontrar Mahara. Ficamos separados por um pano, e tenho certeza de que nunca mais me esquecerei do momento em que ele foi retirado e vi minha noiva, muito em breve esposa. Ela era a coisa mais linda deste mundo. E eu estava

70

pronto para passar o resto da vida junto a ela.

Quer dizer, no meu coração, né? Tecnicamente eu só estaria pronto no dia seguinte, quando a última cerimônia terminasse. Por sinal, teríamos uma recepção dos convidados, receberíamos muitos presentes, dançaríamos e comeríamos. Mas, até então, nossos ritos eram o Baraat, os Poojas, o Milne e o Saptapadi, conhecido pelas sete voltas que se dá ao redor do fogo. Foi nesse momento, enfim, que fomos declarados marido e mulher.

No caminho para casa naquela noite, pela primeira vez como casados, vi um sorriso no rosto de Mahara, que deixou bem claro que ela estava feliz. Mas, de todo jeito, eu precisava da confirmação. Ela queria apenas uma cerimônia simples, alguns amigos. Foi o meu lado da família que quis a celebração enorme.

— Gostou de hoje? N-não está arrependida?

Ela virou para mim, o riso em seu olhar.

— Não adiantaria de nada se eu estivesse arrependida, né? Nós andamos ao lado do fogo e fizemos promessas de amor e tudo.

Rindo, balancei a cabeça. Mahara passou as pernas sobre as minhas e segurou nossas mãos entrelaçadas.

— E-eu sei que você queria algo simples.

— Queria. Mas estou muito feliz de ter sido convencida do contrário, por você e pela sua família.

— Nossa família — interrompi, beijando seu pescoço.

— Nossa família — repetiu. — É um momento único para mim, mas todos estão muito felizes… Minha mãe parece estar vivendo um sonho. E nunca vou me esquecer de tudo que está acontecendo, amor.

— O-obrigado por dizer sim para mim. Por me amar.

— Continuarei dizendo sim e te amando por muito tempo.

Ela deixou um beijo nos meus lábios. Eu simplesmente não conseguia parar de sorrir.

— Q-que sorte a minha.

A The Gift Box é uma editora brasileira, com publicações de autores nacionais e estrangeiros, que surgiu no mercado em janeiro de 2018. Nossos livros estão sempre entre os mais vendidos da Amazon e já receberam diversos destaques em blogs literários e na própria Amazon.

Somos uma empresa jovem, cheia de energia e paixão pela literatura de romance e queremos incentivar cada vez mais a leitura e o crescimento de nossos autores e parceiros.

Acompanhe a The Gift Box nas redes sociais para ficar por dentro de todas as novidades.

 www.thegiftboxbr.com

 /thegiftboxbr.com

 @thegiftboxbr

 @GiftBoxEditora

A The Gift Box é uma editora brasileira, com publicações de autores nacionais e estrangeiros, que surgiu no mercado em janeiro de 2018. Nossos livros estão sempre entre os mais vendidos da Amazon e já receberam diversos destaques em blogs literários e na própria Amazon.

Somos uma empresa jovem, cheia de energia e paixão pela literatura de romance e queremos incentivar cada vez mais a leitura e o crescimento de nossos autores e parceiros.

Acompanhe a The Gift Box nas redes sociais para ficar por dentro de todas as novidades.

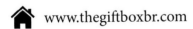 www.thegiftboxbr.com

 /thegiftboxbr.com

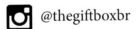 @thegiftboxbr

 @GiftBoxEditora

— Que bom. Porque eu te amo. Apesar de precisar de férias de você às vezes, não sei viver sem essa sua carinha bonita.

— Eu sabia que você só estava interessada nos meus atributos físicos.

— Não, não. Eu estou interessada naqueles orgasmos.

Rindo, passei o braço pela cintura dela e dei outro beijo em seus lábios.

Beijar a mulher da minha vida no meio da rua, check!

Levar minha mulher para jantar, dessa vez tendo eu escolhido o lugar, check.

Assistir a uma apresentação na Ópera de Sydney, check.

Torcer juntos pelos Brumbies, check.

Dizer, para quem perguntava, que Erin era o amor da minha vida, a mulher com quem havia me casado, check.

— Ai, ai. — Erin suspirou audivelmente. — Eu preciso de férias de você — comentou em tom de brincadeira, entregando-me uma garrafa de água.

Ok, ela falou séria, mas eu sabia que era brincadeira. Tinha que ser.

— Sim, sim. Eu te levo para uma viagem romântica e você quer se livrar de mim.

Erin riu ao ver que não encarei a conversa com seriedade. Ela se sentou ao meu lado no banco da Circular Quay.

— É sério. As meninas e eu estamos planejando uma pequena viagem de garotas. Tudo bem?

E por meninas ela provavelmente queria dizer Niara e Ama (talvez Layla também), já que Erin roubara minhas duas melhores amigas para si no primeiro encontro.

— Amor, você pode fazer o que quiser. Só temos que ver a agenda da banda.

— Quanto a isso, tudo bem. Quero saber se não se importa de eu viajar só com elas.

Ah, claro. Neguei com a cabeça, afinal eu era só o marido. Se minha esposa queria pegar um bronze em uma praia com as amigas, eu não tinha nenhuma razão para questionar.

— Quanto tempo vocês vão ficar fora? Já sabem aonde vão?

— Tulum. Cinco dias.

Assenti, tomando um longo gole da água, e disse:

— Ama está, desde a pandemia, dizendo que quer ir pra lá. Acho que vou aproveitar para ver meus pais. Desaprendi a cozinhar só para mim.

— Sua mãe vai gostar disso, Nô. E se você não vai se sentir sozinho nem preterido, eu vou confirmar a viagem com as meninas.

Senti meu coração se aquecer, porque em quatro anos de relacionamento não houve um dia em que Erin me fez sentir-me preterido.

— Você cuida tão bem de mim, que eu nunca sinto que você não me dá preferência.

Erin selou meus lábios nos seus e se levantou do banco, puxando-me com ela.

Epílogo

O que é mais gostoso que encontrar alguém que te deixa à vontade, dá prioridade, toma conta, invade e deixa tudo bem?
Deixa tudo como ta - Thiaguinho

10 de junho de 2023.
Deus salve a rainha.
Não, eu não falei qual delas.
Betinha ou Erin.
Nos últimos anos, a banda passou por muita coisa. Nós trabalhamos muito mais do que esperávamos, até mesmo em meio à pandemia. Mas trabalhamos felizes, respeitando vidas pessoais, metas e saúde. Feriados como o de hoje, por exemplo, eram sagrados.

Decidimos tirar um tempo para nós no feriado do Aniversário da Rainha. Para os que não são ingleses ou de algum país membro da Commonwealth, a Comunidade das Nações, o Aniversário da Rainha é comemorado em duas datas. No dia em que ela efetivamente nasceu, e no segundo sábado de junho. Todos os países da Comunidade celebram a data com diferentes festejos. Um dos países, para quem não for muito bom de geografia e história, é a Austrália. Erin me convenceu de que Sydney ficava muito bonita na época das festividades e de que seria a oportunidade perfeita para eu cumprir minha promessa. O ano de 2019 foi de muito trabalho, em 2020 e 2021 a Austrália se fechou por conta da Covid-19, e 2022 foi corrido para nós.

Mas depois do casamento, há poucos meses, ela me avisou que eu devia parar de enrolar e cumprir minhas promessas. Então aqui estamos.

Caminhar de mãos dadas pelas ruas de Sydney, entrelaçando os dedos, mesmo que eu tenha prometido fazer isso no Japão, check.

Erin sorriu, apoiando o rosto no meu ombro. Esticou sua garrafa para a minha e nós batemos uma na outra.

— A um novo começo para nós dois também, Nô.

Pensei no que isso significava, aonde o relacionamento que demos início nos levaria. Em nós dois morando na mesma cidade. Na mesma casa, talvez? Apresentar Erin para os meus pais, para Niara e para Ama. Caminhar pelas ruas de Londres, finalmente depois de tanto tempo, sem ter que esconder do mundo que eu estava com alguém de quem gostava.

— Erin, quando a gente voltar para Londres... você vai precisar de um lugar para ficar — falei baixinho, para só ela ouvir.

— Sim. — Tomou um gole da cerveja e a deixou de lado. — Eu tenho uma amiga, devo ficar com ela por alguns dias até conseguir um apartamento e trazer minhas coisas da Austrália.

— Na verdade, eu queria saber se... Bom, eu tenho um apartamento em Londres, né? Você poderia ficar comigo até conseguir o seu e organizar suas coisas. Ou simplesmente ficar lá de vez e...

Erin selou os lábios nos meus, calando meu pequeno surto momentâneo.

— Seria uma honra.

vamos despertar, porque temos muito trabalho a fazer.

Eu me levantei da cama e fui viver o dia. A notícia desagradável que Erin tinha naquela manhã era que nossa antiga agência tinha cancelado as nossas passagens de avião para retornarmos à Inglaterra. Ela estava ao telefone com a companhia aérea, que era japonesa, tentando comprar os bilhetes no mesmo voo. Infelizmente, não foi possível.

E só para constar, eu errei totalmente ao dizer que ela estava falando em espanhol. Para você ver como sou horrível com idiomas.

Com o correr do dia, percebemos que as coisas não seriam simples como esperávamos. A gravadora não deu indicações de que facilitaria a nossa vida; na verdade, todos os indícios mostravam que as coisas piorariam.

Era domingo de Páscoa e decidimos por bem ficar e comemorar. Erin nos levou para almoçar em um restaurante que sua mãe havia indicado, e durante todo o dia nos sentamos na varanda do hotel e discutimos nosso futuro. Estávamos abrindo um escritório nosso, com o nome de Age's Office. Foi uma sugestão de Luca, viciado na série The Office. Erin passou o dia inteiro escrevendo e-mails e fazendo ligações para nossa antiga equipe. Aqueles que estivessem sem emprego e desejassem voltar a trabalhar conosco seriam bem-vindos. Kenan e Dave foram os primeiros para quem ela ligara. Quando voltássemos para a Inglaterra, eles estariam esperando no aeroporto.

Depois de um longo dia de decisões e planos novos, subimos para o último andar do hotel. Era lá que ficava a piscina. Pelo horário, já estava fechada, mas Erin conseguiu convencer a equipe a liberar o espaço para nós. Não tínhamos roupas de banho, mas puxamos as barras das calças e mergulhamos as pernas na água.

— Bom, senhores. Depois de tanto trabalho em um feriado, vamos a um brinde. — Erin chegou perto de nós, distribuindo garrafas de cerveja para todos. — Aos novos começos da Age 17, ou seja lá o nome que vocês vão usar daqui para frente. Feliz Páscoa! — anunciou, erguendo sua garrafa.

— Aos novos começos! Feliz Páscoa! — respondemos em uníssono, tocando nossas garrafas umas nas outras.

Erin se sentou ao meu lado, passou o braço pelo meu. Owen começou a contar piadas, nosso humor muito mais leve agora que estávamos livres de Connor. Inclinei o rosto para um rápido beijo.

— Obrigado por cuidar tão bem de nós. De mim.

você entender que, às vezes, meu cérebro dá voltas para entender que uma mulher tão sensacional quanto você me quer pelo que eu sou, pela cumplicidade que a gente desenvolveu, não só pela quantidade de orgasmos que eu consigo te dar.

— Se eu só estivesse atrás dos orgasmos, namorava um vibrador, não um cara que mora em outro continente.

Nós dois soltamos uma risadinha.

— Agora você vai ter que se mudar para o mesmo continente desse cara...

Ela deu de ombros, apoiando a cabeça em meu peito.

— Que bom. Te escolhi por seu cérebro e bom humor, mas também gosto de orgasmos.

Rindo, abracei seus ombros, puxando-a para mais perto. Então algo que ela falou piscou na minha mente.

— Eu entendi errado ou você me chamou de seu namorado?

Com um sorriso arregalado, Erin jogou a cabeça para trás e apoiou o queixo no meu peito.

— Quer namorar comigo, Noah?

Sem conseguir evitar o meu sorriso, girei por cima dela e selei seus lábios.

— É claro que eu quero.

Quando despertei, Erin estava acordada, na varanda do quarto, falando em um idioma que eu não fazia ideia de qual era. Até parecia o espanhol que tive na escola, mas poderia muito bem ser português ou francês. Ela estava totalmente vestida com roupas de trabalho, o que era uma pena. Ao encerrar a ligação e me ver acordado, veio até mim e se jogou por cima do meu corpo.

— Bom dia, namorado. Dormiu bem? — Um pouco hipnotizado por seu sorriso, eu apenas assenti, então Erin continuou: — Ótimo. Agora

mas estou trabalhando para a Age agora. O que significa que você é meu patrão. — Ela deu uma risadinha e eu achei graça, mas me segurei. Patrão... — Não costumo ter relações com ninguém no trabalho, só que não consigo me afastar de você. — Sua mão deslizou pelo meu braço, até encontrar meus dedos e entrelaçá-los aos seus. — Não quero isso. Não quero desistir do que começamos a construir, ainda mais agora que seremos obrigados a passar muito tempo juntos. Como você se sente em relação a isso?

Deixei minha testa tocar a dela, fechei os olhos. Era hora de assumir o que eu estava sentindo, mas havia um monstrinho dentro de mim, que sempre destruiu minha autoestima e que estava fazendo isso de novo.

— Você sabe que para mim é muito difícil aceitar que alguém tão incrível quanto você simplesmente queira ficar comigo, não sabe?

— Nô, do que você está falando?

— Eu sempre fui o preterido, não o preferido. Desde criança. Ama e Niara eram minhas amigas, mas eu estava uma turma acima da delas. Então eu era excluído nos trabalhos de escola, nas brincadeiras, e assim por diante. Quando os garotos da minha idade começaram a namorar, eu era o último em tudo. As meninas bonitas da minha escola preferiam os que eram como elas, não eu. Isso aconteceu até que eu percebi o que era o racismo, e Niara e Ama me ajudaram muito no processo. Foi nas duas que eu encontrei acolhimento. Passei a olhar para os que eram como eu e só assim encontrei o meu valor.

— Eu entendo o que você passou. — Senti seus dedos acariciarem meu rosto, beijos leves no meu queixo. Quase perdi a linha de raciocínio, mas, como disse, estava muito cansado. — Tudo muda quando a gente encontra pessoas que passam por coisas como nós.

— Sim, mas isso não resolveu meus problemas de aceitação. Só diminuiu. Por mais que *eu* tenha mudado, o mesmo não aconteceu com o mundo ao meu redor. Você sabia que os meus produtos da banda são os que menos vendem? Finn é o queridinho. Se ele vende 10, eu vendo 4. No Instagram, eu sou um dos mais ativos, mas tenho menos seguidores do que todos. Ao mesmo tempo, se eu posto uma foto ou um vídeo sem camisa, o engajamento sobe assustadoramente.

— Isso é ridículo.

— Também aprendi, com o tempo, o quanto a nossa sociedade racista só enxerga o homem negro como bandido, escravo ou objeto sexual. Não vou ficar aqui fazendo palestrinha, mas eu precisava explicar tudo isso para e não liberariam o nome para nós. Ter de mudar o nome da banda não era algo que nos agradava, mas nós faríamos se assim fosse necessário.

Depois de tomarmos as decisões mais importantes, fomos dormir. Havia muito para fazer, mas estávamos todos acordados desde as quatro da manhã e só paramos de trabalhar depois das três. Gary disse que tinha dormido um pouco no avião, mas ficou claro que ele também estava cansado.

À hora de dormirmos, honestamente, foi quando Erin brilhou. Ela nos entregou os papéis de registro do hotel para assinarmos. Todos os nossos dados estavam devidamente preenchidos, e ela saiu do quarto em seguida com eles em mãos. Quando tudo estava resolvido e só queríamos descansar, ela nos entregou novas chaves de quarto, todas no sexto andar. Exceto para mim.

— Tudo bem se dividirmos, né? — indagou, entrelaçando os dedos nos meus.

— Eu não esperava nada diferente disso — garanti.

Mase e Owen ficaram juntos em um quarto, Finn e Luca no outro. As malas deles, que tinham ficado no quarto dela, já estavam nos cômodos corretos, junto a uma bandeja de boas-vindas do hotel e os poucos pertences que havíamos deixado nos quartos antigos. Ela disse que fora conversar com Connor para pedir nossos pertences pessoais. Ele nem sequer quis falar com ela, mas alguém da equipe ajudou a retirar as coisas. O quarto em que estávamos ficou para Gary, que prometeu dar um fora em Connor caso ele decidisse aparecer por ali.

Após um banho rápido, Erin e eu caímos na cama. Puxei-a pela cintura, trazendo seu corpo para se moldar ao meu. Apesar de desejá-la, só tinha forças para um abraço. O estresse do dia cobrou seu preço.

— Como uma mulher que precisa enfrentar o machismo e o preconceito pelos meus traços orientais, preciso insistir em saber se está tudo bem com você depois do que Connor disse. — Seus dedos traçaram meu rosto lentamente.

— Eu estou bem. — Suspirei, encostando a testa na dela. — Não é a primeira vez que ouço aquilo, ouvi a vida inteira. A gente não gosta, mas acaba se blindando. Só estou cansado mesmo, mas estou muito feliz por termos tomado coragem para abandonar a gravadora. Estou com medo também, mas… tenho fé. E esperança.

— Nô, sei que está cansado, porém preciso conversar sobre uma coisa com você. — Ela prosseguiu ao me ver assentir: — Ainda não é oficial,

Décimo Quarto

Acorda, e nunca mais se vá. Se for de qualquer jeito, antes me dá um beijo. Eu tô aqui por ti, por mim, por nós. 'Cê não sabe o quanto é importante acordar ouvindo a sua voz. Deixa eu tentar cuidar de você, que eu deixo pra amanhã o que eu tenho que fazer.
Deixa - Lagum feat. Ana Gabriela

21 de abril de 2019.

As últimas horas da minha existência foram passadas da forma mais louca possível. E olha que eu já passei por bastante coisa maluca.

Aparentemente, estávamos com um dos advogados mais competentes do país e com a melhor assistente do planeta. Desde que Gary chegara, ele havia se reunido com Finnick e Erin para mostrar no que vinha trabalhando desde dezembro, quando foi contratado pelo meu amigo. O advogado aguardou todo esse tempo porque, apesar das ameaças, um processo nunca tinha chegado. Os dois coletaram provas, trocas de mensagem por telefone, gravações, tudo que podiam. Finn, mesmo sem sabermos, gravou não apenas situações que o envolviam, mas que tinham relação com os outros integrantes da banda. Se a justiça funcionasse, Connor estava fodido.

Nossa decisão como grupo foi a de oferecer um acordo. Havia uma multa absurda, mas o advogado queria usar a situação extrema em que vivíamos como forma de pressionar para que não pagássemos nada. Ele disse não esperar que a gravadora aceitasse de primeira, sem questionar nenhuma das cláusulas, mas que não tinha intenção de levar o caso ao tribunal. Honestamente, eu também preferia assim.

A única coisa que preocupava Gary era o nome da banda. Ele disse que, em contrato, Age 17 era uma marca que não nos pertencia; era única e exclusivamente deles. Pela sua experiência, acreditava que fariam jogo duro dedos ao perceber que não havia nenhuma ferida ali. Ela beijou meu ombro direito e me abraçou, antes de dizer:

— Você está bem?

Suspirando, apenas assenti. Ficaria ainda melhor quando pudesse encerrar essa página da minha vida.

Agora sou representante dos cinco e espero que possamos resolver as questões contratuais da Age 17 da forma mais natural possível. Aqui está uma notificação sobre a rescisão contratual que desejamos. Vou me reunir com meus clientes e apresentar em breve um acordo que, acredito, agradará a gravadora em questões financeiras. Gostaria de solicitar que desista do processo contra o senhor Finnick Mitchell, já que estamos aguardando há meses que o documento chegue para nós, mas não recebemos nada. E solicitar também que não tentem processar mais nenhum dos meus rapazes, porque será um prazer enorme ir ao tribunal acabar com cada um de vocês e arruinar a reputação que a gravadora tem, mas também seria inconveniente. Meus clientes estão prontos para seguir com suas carreiras, e não temos tempo para disputas legais inúteis.

— Vocês estão de brincadeira comigo, porra? — E foi assim que o surto começou. — Esse palhaço de terno prometeu o quê? O que vocês têm na cabeça, caralho? Acham que podem sobreviver sem nós? A gravadora deu tudo que vocês têm! Quem vai querer um grupo de talento mediano, com integrantes como vocês? Um neguinho, uma bicha, um gago. Quem vai assi…

Connor não conseguiu terminar, porque levou um soco. Sério. Dei um soco na cara dele.

E Finn teve que correr para me afastar, já que meu desejo era tacar fogo no racista de merda.

— Seu racismo nem me assusta, porra — gritei. — Mas não fale dos meus amigos.

— Eu vou te processar por agressão — berrava Connor, segurando o nariz, enquanto era afastado do quarto.

— É melhor não — sugeriu Gary, dando dois tapinhas no ombro dele. — Ou eu vou enfiar um processo por racismo e homofobia no meio da sua cara.

Luca bateu a porta, afastando o som da voz de Connor, que ainda reclamava.

Todo o meu corpo tremia com a adrenalina do que eu tinha feito. Agressividade não era muito a minha praia, mas ouvir tais ofensas não só a mim, como também a mais dois amigos meus, em uma tacada só, trouxe isso à tona.

Senti uma mão delicada no meio das minhas costas, ao mesmo tempo que outra puxava a minha suavemente. Erin afagou os nódulos dos meus que vocês não colocaram em nosso contrato justamente por saberem que é proibido, apesar de nos ameaçarem o tempo todo a respeito. Achou que nunca descobriríamos?

— Eu não fiz nada. Nunca os ameacei de nada. Sempre permiti que os cinco se relacionassem com quem quisessem. A maior prova disso é o fato de Owen ter namorado Layla em todos esses anos. Vocês nunca conseguiriam provar algo que eu não fiz, ainda mais com tal precedente.

Não dava para acreditar. Não dava para acreditar na mentira descarada que esse filho da puta estava contando.

Owen começou a gargalhar. Foi até um pouco estranho, porque ninguém esperava isso, mas ele riu ao ponto de dobrar o próprio corpo.

Era um absurdo. Absurdo. Mas não era tão engraçado assim. Por que Owen estava rindo?

— Olha, sinceramente, Connor — disse meu amigo, quando conseguiu controlar um pouco o riso. — Eu esperava todos os tipos de reação de você, mas nunca achei que tentaria mentir na nossa cara. Está fazendo isso porque Gary está aqui? Não quer confessar culpa na frente do nosso advogado? Ou porque Erin está aqui e você não sabe quem ela é? Porque não adianta. Gary tem um caminhão de provas do que você fez, e Erin sentiu na pele a sua proibição, porque está se relacionando com Noah há meses. Não se faça de idiota, não tente mentir. Você está fazendo papel de otário, só isso.

— É melhor não tentar me ofender, garoto. — Ele cresceu para cima de Owen, querendo impor sua força. Só esqueceu que nenhum de nós é mais um garotinho magricelo de 17 anos em início de carreira.

— Ou o quê? Porque eu estou doido para enfiar a mão na sua cara, depois de anos fazendo Layla e eu de gato e sapato, nos forçando a coisas que nunca quisemos e em seguida simplesmente a descartando, como fez com toda a nossa equipe. Cumpra a ameaça e tente usar sua força contra mim, porque estou doido para dizer que você começou.

Finn foi até Owen e colocou a mão em seu peito para afastá-lo. O clima no quarto caiu em muitos graus, deixando o ambiente mais frio que o Alasca. Gary se levantou calmamente, fechou o terno que usava e pegou alguns papéis da mesa à sua frente. Caminhou até Connor e, com muita calma, falou:

— Boa noite. Como o senhor Noah Young muito bem elucidou, meu nome é Gary Carter, mas pode me chamar apenas de Gary, não me importo.

O quarto em que Finnick estava agora era no terceiro andar, o que facilitou o plano. Entramos os cinco no elevador, e foi fácil fazer Connor descer no terceiro. Quando ele viu que todos saímos, estranhou, mas a porta já tinha se fechado.

— O que está acontecendo?

— Por favor, quarto 316 — Owen pediu, educadamente.

Mesmo achando estranho, ele concordou. Mase foi na frente, e nós seguimos em fila indiana atrás de Connor. Do lado de dentro da sala, Finn, Gary e Erin já tinham sido avisados da nossa chegada e esperavam em silêncio.

— O que está acontecendo? — Connor questionou ao se deparar com todo mundo.

Luca se recostou à porta, de braços cruzados. Esperei que algum dos meus amigos respondesse, o que não aconteceu. Ficamos apenas olhando uns para os outros. Então ajeitei os óculos no rosto, como reflexo, e comecei a falar:

— Nós queremos o encerramento do contrato. Aquele ali é Gary, ele é nosso advogado. A partir de agora, não iremos mais necessitar dos serviços de gerenciamento da gravadora. E, para que fique bem claro, vocês irão abrir mão da multa, caso não queiram ser processados.

Ele me encarou por alguns minutos, sem dizer nada. Parecia tentar entender se eu estava falando sério. Em seguida, começou a rir.

— Posso saber pelo que acham que têm o direito de nos processar?

— Você sabe bem, Connor — Finn começou. — Não é nenhum idiota. Sabe de tudo que fez conosco em todos esses anos. Sabe que se aproveitou da nossa pouca idade para nos fazer assinar aquele contrato ridículo. E sabe que não podia ter feito o que fez.

— Seja mais específico.

— Empresas não podem interferir na vida privada dos seus funcionários, e isso inclui relacionamentos amorosos — explicou Mase. — Algo

Com isso dito, espero que tenhamos um dia de trabalho sem quaisquer interrupções. Voltaremos ao hotel hoje ao fim da tarde, antes do show. Após a apresentação, vocês terão a folga que há tanto me pedem, mas ela acontecerá apenas até as 14h de amanhã, porque estou preparando uma reunião para orientações de como será a dinâmica do grupo, além de direcionamentos sobre o que falarão à imprensa após a saída de Finnick.

Connor falou mais algumas bobagens, mas sinceramente eu ignorei. Não me importava. Faríamos o que nos foi requisitado pelo advogado: cumprir os compromissos e não nos rebelar até que ele chegasse.

Só conseguimos encontrar Gary quando retornamos ao hotel, no fim da tarde. Connor definiu que tínhamos uma hora e meia por lá, para jantar em nossos quartos e nos preparar, em seguida iríamos direto para o local do show. Mas o advogado já estava há algumas horas no quarto com Finn e Erin, preparando as coisas e tomando decisões. Foi para lá que todos nós fomos quando nos separamos de Connor no saguão.

Após os cumprimentos, o advogado foi direto:

— Senhores, entendo que haja o desejo de encerrar o contrato por parte de todos vocês, e creio que Daniel explicou toda a situação. Poderei dar mais detalhes em seguida, mas sei que o tempo de vocês é limitado. Peço para que cumpram a agenda e realizem o show. Aguardem o retorno ao hotel para anunciar os planos de terminar o contrato, para que eu possa me juntar aos senhores. Após isso, teremos algumas horas durante a noite para concretizar o plano.

— Eles não podem mesmo nos proibir de ter relacionamentos? Isso é sério? — indagou Mase.

— Não. É contra a lei. Isso nem sequer é citado no contrato dos senhores, pois eles sabem que um processo seria perdido com facilidade. Mas eu levei todo esse tempo para apresentar um plano a vocês porque estava acumulando provas. Não foi à toa. Por favor, quando chegarem ao hotel, solicitem que Connor venha até aqui. Vamos terminar isso juntos. Vou mandar para vocês um resumo do acordo que estou planejando, por mensagem. Espero que possamos trabalhar na papelada quando chegarem, para entregarmos o acordo pessoalmente amanhã cedo e seguir com o que temos para o futuro da banda.

Concordando, assinamos a documentação que tornava Gary nosso advogado e fomos para os nossos quartos. O show tinha que continuar.

Décimo Terceiro

'Cause we hate what you do and we hate your whole crew. So, please, don't stay in touch.
Porque odiamos o que você faz e odiamos toda a sua turma. Então, por favor, não mantenha contato.
Fuck you - Lily Allen

20 de abril de 2019.

 Seguir a vida normalmente depois das nossas decisões tomadas foi difícil, mas tínhamos que fazer isso. Nós descemos com Finn, e ele fez o check-out do quarto normalmente, sem questionar. Mas assim que a recepcionista deu o processo por encerrado, ele solicitou um novo quarto. Claro que Connor questionou, porém meu amigo puxou um cartão de crédito que não era o da banda e pagou o que foi necessário. Em seguida, virou-se para o nosso assistente e disse as seguintes palavras:

— Não sou mais uma preocupação sua. Daqui para frente, pode resolver tudo o que for preciso através da minha equipe de advogados.

 A recepcionista deu o quarto que ele solicitou, e Finn se despediu de nós. Na sequência entramos na van, onde Connor explicou o que aconteceria, de acordo com seus próprios desejos.

— Vocês cumprirão a agenda programada para hoje. Felizmente, não encontraremos a imprensa. Será liberado um comunicado nas próximas horas, anunciando que Finnick não está se sentindo bem e ficará afastado por alguns dias. Quando tudo se resolver, divulgaremos a saída dele. Quanto aos problemas de indisciplina e quebra de contrato dos demais integrantes da banda, que fique registrado que nosso posicionamento segue o mesmo. Nenhum dos quatro está autorizado a ter relacionamentos, nem mesmo Owen, e puniremos severamente quem se desviar de tais ordens.

disso que eu respondo. Minha esposa também é advogada, ela entende.

— Obrigado por isso, Daniel.

— Não é nada. Vamos nos falando.

Depois que a ligação foi encerrada, encaramos um ao outro.

— Nós podemos recontratar nossa equipe, pedir que trabalhem novamente conosco. Nem todos estão empregados — Owen comentou.

— Mas va-vai ser mu-muito b-b-bom se pudermos cuida-dar das no-nossas próprias co-coisas.

— Precisamos de um novo assessor, alguém que organize nossa vida e não seja um cuzão — Finn comentou e desviou o olhar para Erin, sem falar nada. Todos nós olhamos para ela.

— Eu concordo, mas quero deixar claro que isso não vai me impedir de beijar na boca.

— O processo de assédio vai cair nas suas costas mesmo. — Mase deu de ombros.

Erin nos viu encará-la e arregalou os olhos.

— O quê? — questionou, assustada.

Fiquei de joelhos na sua frente e segurei sua mão. Todos os outros riram e fizeram o mesmo, entendendo o que eu queria.

— Erin Agatsuma, você aceita ser a nova assessora da Age 17, para amar e cuidar de cada um de nós, mesmo nos dias em que estivermos de mau humor?

Por mais assustada que estivesse, lentamente a proposta se instalou na mente de Erin, que deu uma longa gargalhada.

— Vocês são loucos! E eu tenho um emprego!

— Você disse que não queria renovar com o programa — lembrei a ela. — E pode dizer não para nós, mas oferecemos o dobro do salário.

— Cara, vo-você nem s-s-sabe quanto ela ga-ga-ganha — Luca reclamou baixinho.

— Fica quieto, Luca, estou em negociação aqui — disse, entredentes. — Erin, estamos todos de joelhos. Por favor, acabe com essa angústia.

Rindo, ela apenas assentiu.

— Vocês são loucos. Minha função no programa era outra, mas me comprometo a fazer o possível para me ajustar rapidamente e ajudar como puder nessa mudança que vamos enfrentar. Mas é sério, eu ainda não pedi demissão do emprego, então sejam pacientes.

Rindo também, todos ficamos de pé.

— Não se preocupe, Erin. Será um período de mudança para todos nós — garantiu Mase. — Vamos aprender juntos.

— Eu tinha 17 anos e estava vivendo um sonho. Nem fui eu quem assinei — comentei.

— Eu tinha 18 e assinei, mas também nem pensei nisso — Finn disse.

— Exatamente. Isso é comum no meio, as gravadoras e empresas de gerenciamento infelizmente costumam agir dessa forma desonesta. Por isso é importante se atentar aos mínimos detalhes. Resumidamente era isso. Agora, por favor, se houver alguma dúvida que eu possa esclarecer... Gary deve estar a caminho do aeroporto, para chegar a vocês.

— Nós temos um show hoje — Mase começou. — O que devemos fazer? Devemos nos apresentar?

— Sim. O ideal é que vocês quatro cumpram o contrato. Finnick, ele demitiu você, correto? Será que consegue trocar de quarto no hotel pelo menos até Gary chegar?

— Todos nós mudamos nossas coisas para o quarto da Erin — avisou Owen.

— Quem é Erin?

— Namorada do Noah — Finn respondeu, bem na hora. Eu não soube nem reagir.

— Ainda não. — Bom, ela reagiu por nós. — Eu trabalhei com eles no Sing, Australia e é de lá que nos conhecemos. Estou hospedada aqui e os cinco podem usar meu quarto como QG por enquanto.

— Ótimo, Erin, eu agradeço. E bom, essa é mesmo uma boa hora para uma quebra de contrato, já que há mais pessoas comprometidas na banda de vocês do que o contrário. Quantos shows vocês vão fazer aí no Japão?

— Apenas esse, de hoje à noite. Amanhã deveria ser nossa folga, mas depois vamos para outros países — explicou Mase.

— Cancelar o show de hoje será mais complicado do que qualquer outra coisa. Só um minuto. — Daniel ficou calado por alguns segundos. — Acabei de receber um e-mail de Gary. Ele pediu para eu dar uma olhada no contrato dos quatro que ele ainda não representa e conferir algumas coisas.

— Eu já tinha mandado para ele, Daniel. Você precisa que eu encaminhe para o seu e-mail? — Finn indagou.

— Não, estão todos aqui em anexo. Gary também disse que está levando a estrutura de uma empresa de gerenciamento para que vocês mesmos cuidem dessa parte, então comecem a pensar a respeito. Estou doze horas atrás de vocês no relógio, então é fácil calcular nossa diferença de fuso. Vou ficar no escritório até às 20h hoje, mas podem me mandar mensagem depois

Quando cheguei ao quarto de Erin e consegui que ficasse acordada por cinco minutos, ela sugeriu que todos fossem para lá, assim Connor nos deixaria em paz. Liguei para os outros virem, e Finn estava agitado dizendo que o advogado tinha algo bom em mãos. Ele desceu com Owen e os dois fizeram as malas, depois subiram novamente. Meus amigos agiram da mesma forma no nosso quarto e trouxeram nossas coisas para cá. Ao nos reunirmos novamente, tínhamos quarenta minutos até o prazo estourar.

— Por favor, me expliquem o que aconteceu e o que vocês querem fazer — pediu Erin, ainda sonolenta.

— Vamos deixar o Finn falar, porque ele conversou com o advogado.

— Ok, Gary está viajando para cá e queria explicar as coisas, mas como há certa urgência, ele pediu para eu ligar para Daniel. É o advogado das Lolas, foi quem me indicou Gary. Parece que a gravadora não poderia nos privar de ter um relacionamento ou algo do tipo.

— Então liga, pelo amor de Deus — falou Owen, um pouco apressado.

Assim que Finn colocou o telefone no viva-voz e avisou que estávamos todos reunidos, o homem do outro lado da linha começou a falar.

— Explicando de forma bem resumida: quando Paula me contou do que se tratava a situação de vocês, eu fiquei um pouco preocupado e achei que Gary seria a melhor pessoa para tratar do assunto, pois ele é da Inglaterra e conhece as leis do país melhor do que eu. Aqui no Brasil, a constituição proíbe que se interfira na intimidade e na vida privada das pessoas. Artigo 5, inciso X. Isso quer dizer que uma empresa, por exemplo, não pode proibir que seus funcionários tenham relacionamentos, muito menos colocar isso em um contrato. Mas são países diferentes e eu achei que talvez não fosse assim para vocês. Bom, Gary passou esses meses pesquisando, juntando provas e montando um caso. Ele vai poder dar mais detalhes quando chegar aí, porque só sei a história por cima, mas parece que o contrato que vocês assinaram nem mesmo tem uma cláusula específica sobre relacionamentos. Não sei como foi feito na época, se vocês leram toda a papelada, se tinham advogados para os orientarem…

encontrar vocês quatro lá embaixo em uma hora, para os compromissos que temos no dia de hoje. Finnick, uma hora é suficiente para fazer suas malas. Vamos conseguir um voo de volta para Londres. Quem quiser se juntar a ele, a hora é agora.

Connor começou a deixar o quarto, como se achasse que não iríamos segui-lo.

— Eu estou fora — Mase disse, ficando de pé.

Um por um, nós nos levantamos e garantimos nosso apoio ao Finnick. Era o que tínhamos prometido um ao outro lá atrás: se o momento chegasse para um de nós, chegaria para todos.

— Olha, vocês têm um show hoje à noite — começou Connor, parecendo um pouco incerto. — Como eu disse, eu os vejo em uma hora lá embaixo. Os quatro.

Nós o deixamos sair, sem tentar questionar. Quando a porta bateu, Finn foi o primeiro a dizer algo:

— Gente, vocês não pre…

— Finnick, não comece — Mase avisou. — Sempre dissemos que faríamos isso. Nos poucos minutos em que esteve aqui, ele nos tratou como garotos de quinze anos que foram proibidos pelos pais de namorar, ofendeu Luca, magoou as namoradas de vocês e falou de Erin com um tom de desdém que me deu náuseas. Eu não aguento mais a vida que a gente está levando.

— E-e-e eu nã-não me importo d-de ficar pob-bre por pagar multa rescisória. Ca-canse-sei de ser maltra-tra-tratado.

— Ok, gente. É o seguinte — começou Owen, olhando no relógio. — Se vamos largar essa gravadora, precisamos resolver nossa vida. Temos uma hora. Como Connor disse, temos um show hoje, e simplesmente não realizá-lo será um escândalo.

Finn puxou o celular do bolso.

— Vou ligar para o meu advogado. Que horas deve ser em Londres?

— São quatro e meia da manhã aqui, lá deve ser oito e meia da noite de ontem.

— Oito e meia ainda dá pra ligar. — Levou o celular ao ouvido e foi até a janela para conversar com ele.

— E você vai acordar sua namorada. — Mase jogou uma almofada em mim. — Vamos precisar da experiência dela em resolver problemas.

vamos expulsá-lo da banda em breve. Mas isso não é tudo, porque parece que vocês ainda não entenderam com o que estão lidando e que estamos falando sério. Darei a chance de se explicarem, então, se alguém tiver algo a me dizer, a hora é agora.

Nós três ficamos em silêncio. Sentia-me em frente ao diretor do colégio após ter sido pego colando na prova.

— D-do que você está falando, Connor?

— Gago, cale a boca. Não vou ter paciência para te ouvir, e o problema não é você. Sendo objetivo: Noah, você tem algo a me dizer?

Ainda impactado com a grosseria direcionada ao Luca, demorei a raciocinar.

— Sobre o quê?

— Sobre a garota que você estava beijando no saguão do hotel ontem à noite, na frente de todo mundo, quebrando o contrato que assinou. E sobre o fato de ela ser alguém que todos nós conhecemos, o que indica que essa não foi a primeira vez.

— Erin e eu não estamos namorando.

— Então por que vocês subiram de braços dados e, minutos depois de eu os ver entrar no elevador, vim até o quarto e seus amigos disseram que você ainda estava ao telefone lá embaixo?

Cocei a cabeça outra vez, sabendo que não haveria como fugir.

— Erin e eu não estamos namorando, Connor.

— Eu não me importo com o título que vocês dão. Daqui a pouco a imprensa vai sair com uma matéria dizendo que você está se pegando com uma fã japonesa, e será tarde demais. Não conseguiremos mais abafar, porque você vai se achar valente como Finnick e querer assumir um problema desnecessário. Todos vocês são burros. Estão desperdiçando um grande momento da vida por causa de umas pi…

— Ei, olha lá. — Finnick se ergueu. — Não termine a frase, porra.

— Ótimo. Ótimo você ter dito algo. — Virou-se para ele, furioso. — Arrume suas malas e desocupe o quarto. Seus serviços não são mais necessários a essa banda. Por quebra de contrato, você está demitido.

Um enxame de vozes tomou conta daquele quarto, simplesmente porque aquilo era absurdo. Não, Connor não falaria assim com nenhum de nós. Ele não tinha o direito de tratar meus amigos daquele jeito, simplesmente não.

— Chega! — Sua voz soou mais alta que a de todos nós. — Eu quero

Erin acordou com o telefone; então, quando desliguei, fui breve na explicação:

— Preciso ir, mas eu volto assim que descobrir o que está irritando Connor. — Dei um selinho nela. — Durma de novo.

Ela parecia mesmo sonolenta e não esboçou nenhuma reação. Apenas voltou a dormir. Saí do quarto o mais rápido que pude, feliz por ter ido dormir de bermuda dessa vez. Estava sem camisa, mas pelo menos não chocaria a família tradicional por sair nos corredores de cueca (ou nada). O quarto estava com as luzes apagadas, porque meus amigos não queriam mostrar que já tinham se levantado. No segundo em que fechei a porta atrás de mim, Mase começou a falar:

— Ele acabou de sair de lá e passou outro sermão em Owen e Finn sobre mulheres. Ameaçou soltar rumores na imprensa e tornar a vida deles um inferno se os dois não terminarem o namoro de vez. Parece que está subindo aqui. Para que, não sei, já que não temos namorada.

— Se-será q-que e-ele viu a-a Erin aqui no ho-otel? — Luca questionou.

Cocei a cabeça.

— Acho que não. — Ouvimos batidas fortes na porta. — Bom, acho que vamos descobrir agora.

Como eu estava de pé, caminhei até lá e a abri, deixando o furacão entrar. Atrás dele estavam Finn e Owen, parecendo preocupados.

— Acenda a luz — ordenou, passando por mim em direção ao meio do quarto.

Mase e Luca acenderam as luzes do lado deles e vi que tinham bagunçado toda a minha cama, como se eu estivesse mesmo dormindo lá.

Caramba, teria que caprichar no ovo de Páscoa daqueles dois.

Liguei o interruptor ao lado da porta, iluminando todo o quarto. Finn se encostou em uma parede, de braços cruzados, e Owen se sentou em uma poltrona.

— Connor, ainda nem amanheceu. O que houve?

Ele parecia transtornado e ainda usava as roupas do dia anterior. Caminhei até a minha cama e me sentei lá.

— Eu vou ser bem direto. Enquanto eu estiver falando, não interrompam. Acabei de advertir Owen e Finnick sobre relacionamentos. Vocês bem sabem que não podem tornar pública nenhuma relação amorosa que tenham, sob punição de quebra de contrato. Mesmo com nossas ofertas de acordo, Finnick insiste em prosseguir com essa palhaçada, então planejá-

Décimo Segundo

It's just a spark, but it's enough to keep me going.
É apenas uma faísca, mas o suficiente para me manter seguindo.
Last hope - Paramore

20 de abril de 2019.

 Fui acordado na manhã seguinte com beijos descendentes ao longo da minha coluna. Eles só não prosseguiram porque, amigos, vivemos em um mundo injusto. Ainda era muito cedo, os primeiros raios de sol invadiam a cortina, e estava grato por não ter recebido mensagens dos meus amigos pedindo que eu voltasse às pressas. Tive tempo de beijá-la do jeito que eu queria antes de sair.

 Prometemos ficar em contato um com o outro durante o dia, para o caso de eu ter tempo livre, mas novamente Connor nos fez trabalhar à exaustão. Naquela sexta-feira, fiquei esperando por cinco minutos na recepção após todos subirem, com a falsa justificativa de que estava em uma ligação com Niara, mas era porque Erin havia avisado que chegaria em pouco tempo. Achei que Connor já tinha subido quando a vi, então não me importei de puxá-la para mim e beijar seus lábios, os quais me causaram grande saudade o dia inteiro.

 Ela e eu subimos e passamos um terço da noite vendo séries no quarto de hotel e comendo bobagem; o segundo, fazendo coisas impróprias para o horário, e o último terço da noite, dormindo. Então acordei às quatro da manhã, com uma ligação de Mase.

— Você precisa chegar aqui em cinco minutos.
— O que houve?
— Connor está no quarto debaixo, e Finn avisou por mensagem que ele vai subir. Parece que está furioso. Venha logo.

um casal normal aproveitando o feriado de Páscoa.

— Um casal, é? — brinquei, já que não havíamos falado daquilo.

— Sonhos funcionam assim mesmo, Nô. Podemos misturar a realidade com a ficção.

— Gosto desse sonho. — Deixei meus lábios tocarem os dela. — Mas vou torná-lo realidade assim que possível.

Ela sorriu, acariciando meu rosto.

— E já voltamos a prometer coisas um ao outro?

— Não é uma promessa — avisei, sério. — Não vou viver isso para sempre. Nenhum de nós vai. Então é um fato, Erin. Vou levar você pelas ruas, entrelaçar nossos dedos e, para quem perguntar, vou dizer que você é minha namorada. Não hoje, mas esse sonho vai se realizar. É um fato.

— Mal posso esperar por isso, então — sussurrou, deixando os lábios roçarem os meus.

— Só saio de manhã — falei, com os lábios colados na sua pele —, ou quando você me expulsar.

— Então me deixa te sentir.

Puxando a gola da minha camisa por trás, Erin começou a me despir. Eu a coloquei no chão de novo, apoiada na parede, sabendo que fazer manobras com ela no meu colo atrasaria todo o processo. As peças foram saindo de nós até chegarmos na cama, onde ela buscou o controle da TV e a desligou. Deixei meus óculos sobre a mesa de cabeceira, mergulhando no sabor da mulher que estava comigo. No silêncio, desbravamos o corpo um do outro até estarmos cansados demais para nos desgrudar.

Puxei uma coberta sobre nossos corpos, para nos manter aquecidos, e usei a ponta do dedo para traçar seu rosto, as marcas da sua ancestralidade, os contornos que a tornavam a mulher mais linda que eu já vira. O calor que emanava dos nossos corpos apenas pela proximidade só era capaz de me deixar mais vivo. Só acelerava o meu coração. Só me fazia sentir mais e mais perto de estar…

Sim, aquela palavra com A.

— Ei — chamei, com medo de estragar o momento ao quebrar o silêncio.

— Sim?

— Desculpe não ter ficado com você durante o dia.

— Nô, você não precisa se desculpar. Eu sabia que seria assim, por isso fui ajudar minha mãe com as coisas dela.

— Eu queria que a gente pudesse passar o dia inteiro juntos, andando pelo Japão, de mãos dadas, você me mostrando tudo, falando sobre a cultura.

— Eu adoraria isso também. Podemos fazer em outra oportunidade.

Suspirei, imaginando um mundo em que Connor, sem surtar, me permitiria viver isso.

— Nós continuamos prometendo coisas um ao outro, locais para visitar, mas a cada dia isso parece mais impossível.

Ela me deu um sorriso fraquinho e afagou meu rosto.

— Como Owen e Layla estão lidando com Connor?

— Mal. Só os vejo brigar. Mas não quero falar dessa situação toda que a banda vive, porque vai estragar nosso momento.

— Vamos mudar de assunto, então. Até o final da noite, não vamos falar de problemas. Podemos apenas sonhar com um mundo em que somos

72

— Ela veio ver os pais. Combinamos que seria no mesmo período dos nossos shows para podermos nos ver.

— Meu Deus, cara, que coisa de gente apaixonada. Você está amando? — Mase perguntou, com sua típica falta de humor.

— Posso contar com vocês? — ignorei a pergunta, focando no que era importante.

— Claro. A gente coloca umas almofadas na sua cama e finge que você está dormindo. — Ele deu de ombros, seguindo no corredor em direção ao nosso quarto.

— Vo-você volta ho-hoje?

Dei de ombros, porque sinceramente não sabia.

— Mandem mensagem, qualquer coisa.

Assentindo, os dois se foram. Ainda deu para ouvir Luca murmurar:

— Eu nã-não acred-dito que nós d-dois ficamos sozinhos e-e-e esse daí va-vai transar.

O quarto 602 ficava a duas portas do elevador, e eu caminhei até lá. Parado, fiquei pensando se deveria bater ou não, no que Erin fazia lá dentro. Respirei fundo e resolvi fazer tudo ao mesmo tempo: bati duas vezes e passei o cartão na porta, entrando.

Diferentemente do nosso quarto, esse tinha apenas uma cama de casal, onde Erin estava. Assim que entrei, ela veio na minha direção e me abraçou. Seu corpo se moldou ao meu, seu cheiro invadiu minhas narinas, e eu enfiei o rosto no seu cabelo. Quando deixei a Austrália, nosso relacionamento ainda era estranho; tínhamos acabado de transar, mas não éramos tão próximos. Tê-la nos braços daquela vez era diferente; parecia algo novo e conhecido ao mesmo tempo, e certo.

Eu a levantei, trazendo-a mais para mim, mas Erin logo passou as pernas pela minha cintura e segurou meu rosto entre as mãos.

— Oi. — Um sorriso singelo seguiu seu cumprimento.

— Oi. Finalmente.

Seu sorriso acendeu o quarto e o meu coração, que disparou de forma inexplicável. Sem aguentar mais, toquei meus lábios nos seus com delicadeza. Comecei a distribuir beijos na sua boca, nas bochechas, no nariz, no queixo e todas as áreas disponíveis em seu rosto.

— Você vai conseguir ficar aqui? Ainda precisa sair ou algo assim?

Suas unhas arranharam minha nuca de leve, causando arrepios. Desci os beijos por seu pescoço, em direção ao colo.

Bonito. Ah, os gatilhos...

Achei que teria algum momento livre naquela tarde, mas fui engolido por imprensa, gravação de videoclipe e Connor. Erin e eu nos falamos por mensagem o dia inteiro, e ela foi mandando fotos de lugares onde esteve ao lado da mãe. Quando ela soube que eu estava voltando para o hotel, já passava das 21h. Assim que entramos, a vi sentada em uma das poltronas da recepção.

Com outra piscadinha, ela se levantou e pegou um elevador. Tive que esperar ali embaixo, para ouvir alguns recados. Fiquei pensando em como ela estava linda com uma saia rosa florida e blusa branca, no seu perfume doce de quando esteve perto de mim, e que bem em breve iríamos nos ver. Nossa relação não deveria ser nada de mais, porém conversávamos diariamente há mais de três meses e eu não conseguia tirar aquela mulher da cabeça.

Entramos os cinco, mais Connor, no elevador. Assim que o pessoal do quinto andar saiu e fiquei sozinho com Mase e Luca, coloquei a mão no bolso para conferir o número do quarto.

— Estamos no 613 — Mase comentou, quando viu o que estava na minha mão.

— Vou precisar da ajuda de vocês.

Os dois me encararam e me incentivaram a continuar. Não tinha falado nada sobre a vinda de Erin, porque não queria que desse azar ou que Connor acabasse descobrindo. Mas, agora que ela estava aqui, eu precisaria da cobertura dos meus amigos.

— De-desembucha lo-logo — pediu Luca, parecendo cansado.

— Erin está aqui, no 602. — Mostrei o cartão a eles. — Preciso que me deem cobertura.

— Ei, c-como assi-ssim "Erin es-está aqui"?

O elevador se abriu e saímos no andar.

naquela direção e a vi saindo do equipamento. Ela piscou para mim e se aproximou de um guichê que estava livre. Ninguém da equipe percebeu sua presença, muito provavelmente por terem sido todos trocados há pouco tempo. Desde a demissão da antiga assessoria, os funcionários ficavam por no máximo duas semanas. A todo tempo pediam para sair ou eram desligados pela gravadora. Quem aceitaria trabalhar para um louco psicopata como Connor? Aparentemente, só nós cinco.

Fiquei observando enquanto Erin conversava com a recepcionista, em japonês, e não entendi uma única palavra. A mulher entregou uma chave a ela, que se virou na minha direção. Erin abaixou a cabeça para mexer no celular e esbarrou em mim. Poderia parecer simplesmente alguém distraída, mas senti o cartão deslizar para o bolso da minha calça. Apenas por estar na presença dela novamente, meu coração voltou a bater diferente.

Erin e eu tínhamos uma facilidade para conversar nos últimos meses, como nunca tive com ninguém. Niara e Ama eram duas amigas com quem eu falava o tempo inteiro e me sentia muito bem, mas era diferente. Não só pelo meu corpo sentir falta do contato com o dela, mas pela maneira como meu interior reagia. Com saudades, com desejo.

Puta que pariu, eu só tinha visto essa mulher uma vez na vida. Agora duas.

Ela saiu pela porta principal e Luca bateu no meu ombro para subirmos.

— Meu quarto é no quinto andar, com o de Owen e Finn ao lado, como estamos acostumados. Só havia quartos triplos no sexto andar, e Luca, Noah e Mase estarão lá com o restante da equipe. É próximo e todos ficarão de olho, caso precisem de algo. — Connor entregou os cartões para cada um de nós. — Vamos nos encontrar lá embaixo em quinze minutos.

Logo chegamos ao andar deles e fiquei apenas com meus colegas de quarto. Então coloquei a mão no bolso e senti um papel dobrado ao redor do cartão que Erin havia deslizado para o meu bolso.

> Ei, bonito, bom saber que estamos novamente no mesmo fuso horário. Pedi essa chave nova na recepção (escrevi o bilhete no quarto antes de descer para pegar outra, viu?) e vou resolver algo na rua. Avise quando estiver voltando para o hotel, que vou retornar também para te esperar. Vamos conversando.

de incluir "zinho" para rapazes e "zinha" para garotas. Algumas tias a chamavam de "Erinzinha". Eu ainda não tinha me acostumado a ser chamado de Nó, mas gostava. Felizmente ela não me chamava de Nôzinho.

— Não quero que você venha me ver e não consiga, Erin. Não quero que seja frustrante.

— Ei, relaxa. Eu sabia que você não teria tanto tempo para mim. Estou indo pelos meus pais também. Preciso tomar algumas decisões sobre a carreira, porque não vou renovar o contrato para outra temporada do programa. Essa pausa será boa para focar nisso. Não te ver será frustrante, mas não é o fim do mundo. Porém, espero que possamos fazer algo. Talvez, se eu me hospedar no hotel de vocês, a gente possa despistar sua equipe lá dentro.

— Seria ótimo. Acho que é nossa melhor opção. Sinto muito se tivermos de ficar dentro do hotel. Espero que possamos resolver esses problemas de equipe o mais breve possível, para voltarmos a ter nosso espaço.

— Vocês já tentaram conversar? Mostrar que estão insatisfeitos de verdade?

— Claro que tentamos. Diversas vezes. Mas eles não estão interessados nisso. Não querem saber se estamos felizes ou não. Connor então... Ele não dá a mínima. Nós somos números, um produto da gravadora. Eles se preocupam com o dinheiro que rendemos, não se estamos cansados, com medo ou precisando respirar. Não se importam se queremos ver nossos amigos, aqueles que amamos.

— O que é uma burrice da parte deles, porque vocês renderiam muito mais se estivessem felizes. Tranquilos. Apaixonados.

Por fim, Erin me convenceu de que não haveria problemas para ela se não conseguíssemos nos ver, mas demos um jeito de ela se hospedar no mesmo hotel nos dias em que estivéssemos no Japão. Ela chegou cinco dias antes e usou o período para ficar com os pais. Inclusive me mandou uma foto com eles, onde era possível ver o tanto que os três são parecidos.

Parado na recepção enquanto providenciávamos nossos quartos, recebi uma mensagem de Erin com uma única palavra: elevador. Virei o rosto

Por exemplo, o que Owen precisava no momento em que soube de Layla era deixar tudo para encontrar a namorada e dar suporte a ela. Mas não foi o que aconteceu, porque Connor o proibiu. Na verdade, ele mandou que os dois terminassem o namoro. Divulgou na imprensa e tudo, através de "fontes confiáveis". Disseram que ela pediu o fim do relacionamento após saber que os ataques do perseguidor se deram por conta dela. Owen estava devastado, segundo a imprensa. Contudo, na verdade meu amigo parecia puto, assim como todos nós.

Layla foi proibida de aparecer nos nossos shows e de viajar conosco. Os dois foram ameaçados de processo, caso fossem vistos juntos. Paula também não era bem-vinda, e eu fiquei muito inseguro sobre o que dizer a Erin. Não queria que ela viajasse para me ver e fosse impedida de estar comigo. Para tirar a dúvida, pedi que Ama viesse me encontrar em um show na França, o que fez Connor surtar.

Se uma amiga que estava comigo há anos não podia ficar entre nós, o que aconteceria quando vissem alguém com quem trabalhamos na Austrália?

Tentei conversar sobre o assunto com Erin, porque era assim que as coisas funcionavam conosco. Em momentos de dúvidas ou inseguranças, simplesmente ligávamos um para o outro e colocávamos as cartas na mesa.

— *Toda essa situação de vocês chega a ser doentia, Noah. É um relacionamento abusivo com aqueles que deveriam cuidar de vocês.*

— Eu sei... — Suspirei, sem aguentar mais aquilo. — Depois de tudo que anda acontecendo, eu só queria descansar. Não consegui nem processar toda essa história ainda, mas temos que seguir em frente, continuar trabalhando. Não podemos parar para sentir, refletir. Estou cansado.

— *Eu te entendo, Nô. Entendo totalmente.*

De uns tempos para cá, Erin começara a me chamar de "Nô". Por um momento, achei que ela estivesse negando algo, mas a pronúncia era um pouco diferente, então ela explicou que brasileiros têm mania de diminuir os nomes de pessoas queridas e, às vezes,

Décimo Primeiro

Eu nunca pensei. Em silêncio com você eu me encontrei. Nem precisa falar nada, meu amor, okay? Eu já entendi que eu te quero.
Eu te quero - Zeeba e Manu Gavassi

18 de abril de 2019.

Se era ruim dividir quarto com um dos caras, o que aconteceu depois da mudança da nossa equipe foi ainda pior. Finn e Owen passaram a ficar em um quarto duplo ao lado do de Connor, para que ele pudesse monitorar possíveis visitas das namoradas deles. Mase, Luca e eu dividíamos um quarto triplo. A justificativa era o corte de gastos, e o argumento utilizado era o de que, por vezes, compartilhávamos ônibus de turnê ainda menores.

Eu não fui capaz de contra-argumentar, fiquei apenas aguardando que o advogado de Finn nos retornasse sobre o que fazer para dar adeus definitivo a Connor e aos executivos da gravadora.

Normalmente, artistas assinam com gravadoras e escritórios de gerenciamento diferentes. Justin Bieber, por exemplo, é da gravadora Def Jam Records, mas o escritório que cuida da sua carreira é o SB Projects. Porém, éramos jovens na época, alguns de nós com dezessete anos, então não tínhamos tanta noção do que estávamos assinando. Quando nos ofereceram um contrato em que não nos preocuparíamos com nada, porque a gravadora lançaria nossas músicas e cuidaria da nossa carreira, achamos que era uma boa e dissemos sim sem pensar duas vezes.

Ideia terrível.

Artistas e gravadoras, em muitas ocasiões, têm vontades diferentes. O escritório de gerenciamento deve pensar no lado do artista, fazer o que for melhor para ele. Mas, nesse caso, os interesses da gravadora e do nosso escritório são os mesmos, o que por vezes sobrepõe o que nós, como artistas, necessitamos.

ATUALIZAÇÃO: rumores apontam que ele seja um fã da banda

Fontes, que não quiseram se identificar, entraram em contato com a produção e garantiram que Taylor Davies é dono de um fã-clube da Age 17, que já foi a diversos shows por toda a Inglaterra e que tem Owen como seu favorito. Abaixo, confira algumas das postagens supostamente feitas por ele nas redes sociais.

@tdaviesluvsAge17: Aquela puta precisa tirar as mãos DO MEU OWEN! Ela não o merece. Se aparecer na minha frente, não deixo sobrar um fio de cabelo.

@tdaviesluvsAge17: Ei, @LaylaWilliams, você é uma puta aproveitadora e tem que morrer!!!!!!!!!!!!!!!!!!!!!!!!!!!

@tdaviesluvsAge17: churrasquinho de vaca @LaylaWilliams.

Nós ficamos em silêncio e focamos nos nossos problemas. Owen começou a trocar mensagens com Dave, e eu mandei uma para a Ama. Ela se prontificou a ir na hora. Havia uma mensagem de Erin, o link de uma música. Fiquei pensando nela, em um futuro para nós dois. O que aconteceria se nos apaixonássemos e o mundo nos permitisse ficar juntos? Ela seria perseguida por parte do fandom, como Layla? Sofreria ataques e ameaças como esses?

Eu conseguiria obedecer às ordens de Connor e cumprir a agenda da banda se algum dia a mulher que eu amo precisasse de mim?

Pelo amor de Deus, relacionamentos são muito complicados.

Perseguidor da namorada de Owen Hill, da Age 17, é encontrado
Homem de 29 anos vive em Londres e garante que ela cometeu diversas traições

A polícia divulgou na tarde do sábado, 9 de fevereiro de 2019, um relatório sobre a investigação da invasão às redes sociais de Layla Williams, namorada de Owen Hill, da *boyband* britânica Age 17. Após busca pelo endereço de IP, foi possível chegar à casa de Taylor Davies, de 29 anos, que é o principal acusado.

Na casa do homem, foram encontradas cartas de ódio para a jovem, plantas da Soul & Saul e um uniforme do serviço aéreo britânico. As pistas ainda estão sendo avaliadas, mas é possível que Davies seja responsável por duas outras tentativas de ataque: o incêndio do estúdio de dança, onde a jovem aguardava o término do ensaio do namorado, e a bomba encontrada no avião em que estavam, em janeiro.

As motivações para os atos de Taylor Davies por enquanto são desconhecidas. Ele continua dizendo que Williams é "uma traidora, que não merece a confiança de ninguém da Age 17", mas a polícia ainda estuda e investiga a situação. O acusado está detido preventivamente.

— Quer que eu peça para a Ama? Ela e Layla se dão bem.

Niara fazia faculdade e trabalhava, então sua rotina era extremamente atarefada. Mas Ama havia largado a universidade, porque não teve paciência para a vida acadêmica. Uma vez, eu dei a ela o contato de um amigo que participou do Sing, UK conosco e precisava de alguém que mexesse com mídias sociais. Depois disso, ela simplesmente construiu uma carreira para si mesma e começou sua própria empresa de marketing digital para artistas. Além de fazer seu próprio horário no trabalho, viajar para acompanhar famosos era seu maior hobby.

— Ela iria? — Quando acenei, ele esfregou o rosto. — Vou falar com a Layla agora.

— Vou dar uma desviada dizendo que você foi ao banheiro. Mas assim que tiver oportunidade, você vai me contar essa história direito.

Nós enrolamos um pouco, porém Connor estava ao telefone e não reclamou. Quando Owen apareceu, falava algo pelo celular. Ao parar, uma mensagem chegou no grupo em que estamos nós cinco. Era um áudio enorme, com um texto embaixo dizendo para que o ouvíssemos na van.

Depois de entrarmos e de Connor dar os recados, coloquei meus fones de ouvido e fingi que estava ouvindo música, enquanto meus amigos se dividiam entre fazer o mesmo e escutar o áudio com o celular na orelha.

— Caras, comentei por cima com o Noah, mas o Dave me avisou que o policial acredita que os ataques foram direcionados à Layla, não a nós. Parece que conseguiram encontrar o endereço da pessoa, pelo IP do computador, e fizeram buscas, encontraram indícios. Não sei mais do que isso, mas querem que a gente vá até a delegacia, Layla e eu. Não vou poder ir, porém ela vai. Noah, se a Ama puder fazer companhia a ela, eu agradeceria muito. E, caras, tô mega nervoso e preocupado. Não é só um hacker, temos um incêndio e um ataque a bomba... Layla estava apavorada e, honestamente, também estou. Devo pedir ao Connor para me liberar? Ele não aceitaria, né?

— Vou falar com a Ama — sussurrei para Owen, que realmente parecia preocupado. Connor estava no banco da frente, falando ao telefone. — Mas acho que você deveria ligar para o Dave. Pedir a ele para acompanhar a Layla por um tempo. Ele acabou de perder o emprego, afinal.

Owen suspirou, frustrado.

— Outra situação que eu odeio e não consigo resolver — falou baixinho também.

ꭰEIXA

— No Japão vai ser perto da Páscoa. Não sei a data direito, mas a coisa do feriado ficou na minha cabeça. Será que você consegue viajar por essa data?

— Claro. Eu vou combinar no trabalho e acertar com meus pais assim que você me der os dias. Tenho tantas folgas com o pessoal do estúdio, que consigo encontrar você e meus pais tranquilamente. Se estiver tudo bem para você.

Uma risada saiu do meu íntimo. Se estiver tudo bem para mim? Porra.

— Você vai viajar para o Japão para me levar a um encontro?

— O plano é esse.

Ai, ai. Esse negócio de pegar avião para beijar na boca vai acabar comigo.

— Aceito ir a um encontro com você. Vou descobrir os dias em que estaremos lá e mando por mensagem.

Uma batida forte na porta me alertou de que eu tinha que ir.

— Ótimo. Eu vou me organizar.

— E eu preciso ir, Erin. Já estão me chamando. A gente vai se falando por mensagem.

Apressei-me, pegando as coisas que faltavam para ficar fora pelo restante do dia. Teria que dar meu jeito para descobrir a agenda no Japão, porque Connor odiava passar as datas. Na maioria das vezes, ele ainda informava um cronograma errado ou alterava coisas em cima da hora.

No café da manhã, estávamos apenas nós cinco e Connor. Owen foi o último a entrar, quando já tínhamos nos sentado à mesa do restaurante. Realmente não havia mais ninguém da equipe ali, mas vi pela janela um assistente e um maquiador colocarem as malas dentro do carro. Disfarçadamente, Owen me esticou o celular, onde era possível ler em seu bloco de notas:

> Mano, o Dave me puxou no corredor para dizer que o policial acha que os ataques são para a Layla. Pediu para eu ir com ela imediatamente à delegacia, mas estou em outro país, caralho. O que eu faço?

Balancei a cabeça, porque não sabia o que fazer. Mas fiquei pensando. E quando saímos do restaurante, puxei Owen para o canto.

— Sair daqui é impossível, estamos em crise, mas a Layla tem que ir lá ver. Pede a alguém para ir com ela.

— A Layla não tem ninguém em Londres, só eu. Ela não fica lá, só quando nós estamos.

E sem nos dar tempo para falar algo, saiu do quarto.

Mase xingou uma infinidade de palavrões, extremamente irritado. Nenhum dos outros parecia feliz também. Então, ele se virou para nós e disse:

— Olha, eu já estou de saco cheio. Por mim, a gente quebra esse contrato amanhã e passamos a gerenciar nossas próprias carreiras. Ter deixado tudo na mão dessa gravadora foi a pior decisão que tomamos.

— Mase, eles vão falir a gente se fizermos isso — comentou Finn.

— Eu não ligo, porra. Eles não podem mais nos tratar assim. Demitir a equipe é só a cereja do bolo.

— Eu concordo. — Suspirei, esfregando o rosto. — Vamos falir essa merda, mas não dá mais para seguirmos como estamos. Processo no Finn, demissão dos funcionários, tratar-nos feito bosta… Isso tem que parar.

— Va-vamos segurar mais um po-pouco. Anali-lisar t-tu-tudo. Prepa-parar nossa estraté-estraté-estratégia. Depo-pois def-finimos co-como resci-cindir.

Sempre o mais sensato nessa banda.

— Luca está certo — apontou Finn, extremamente sério. — Vou consultar meu advogado a respeito. Acabaremos com isso, mas vamos com calma.

Cada um foi para o seu quarto, porque tínhamos pouquíssimo tempo para nos preparar. Havia uma mensagem de Erin no meu telefone, dizendo para eu ligar assim que pudesse. Estava sozinho no quarto, pois Layla não viera por toda a confusão do hacker, e Owen dividia a suíte com Luca. Então tomei um banho bem rápido e disquei para ela enquanto escovava os dentes e arrumava o cabelo.

— Acho que o dia vai ser complicado hoje, por isso resolvi ligar logo — expliquei, depois de nos cumprimentarmos. — Está tudo bem?

— Tudo ótimo. Não vou tomar muito do seu tempo. Você tinha comentado que a banda faria shows na Ásia em abril. Sabe em que países?

— Hm… Índia, Turquia, Japão e China.

— Ótimo. Depois você vê as datas em que estará no Japão? Eu tenho uma folga no trabalho e quero visitar meus pais em Tóquio. Pensei em combinar com a sua ida e quem sabe assistir a um show da banda.

Parei imediatamente o que estava fazendo. Tirei o celular do viva-voz e o coloquei no ouvido. Eu estava escutando direito?

— Você está falando sério?

— Muito sério. — Deu uma risadinha do outro lado, que bateu de imediato no meu peito.

todos eles sem nem mesmo fazer alguma investigação?

— Vocês podem até confiar, mas a gravadora não. E ela está pensando no melhor interesse do grupo. Além disso, concluímos que alguns dos cargos eram superficiais e poderiam ser cortados. Por isso, não serão contratados novos profissionais para eles.

— Como assim, porra? Nossa equipe é pequena. Que funções vocês estão pensando em cortar? — Owen se ergueu, levemente alterado.

— Acalme-se. Não adianta xingar. Serão cargos como maquiadores, estilistas. Uma pessoa para cuidar das roupas de vocês é suficiente, não precisamos de duas. — Tínhamos um estilista e um assistente. — Maquiagem não é necessária em turnê. Vocês não são mocinhas para ficarem usando base, pó, essas coisas. Para a televisão, podemos usar o maquiador da emissora.

Melhor nem comentar. Esse tipo de opinião machista era algo que sempre ouvíamos. Como artistas, maquiagem era, sim, algo que usávamos. E alguém que trabalha no meio não deveria lidar dessa forma.

Na verdade, toda a situação era tão horrível que nenhum de nós conseguiu falar muito. Estávamos processando-a.

— I-isso é um ab-bsurdo, Connor — afirmou Luca, em um tom calmo. — De-demiti-tir to-todas essas pe-pessoas. Falar esse ti-tipo de co-coisa.

— Não precisa contratar ninguém — Mase decretou. — Nós vamos readmitir as pessoas com nosso dinheiro pessoal.

— Isso é impossível, pois não será permitido que ninguém de fora do dia a dia da banda esteja ao redor de vocês novamente. Isso inclui amigos também — Connor boicotou.

— Até a Layla? — Owen questionou.

— O problema da Layla é outro e você sabe bem disso. Estamos resolvendo essa situação separadamente. Não a queremos por perto no momento, mas as coisas podem mudar no futuro. Veremos.

— Mas, como assim, ninguém de fora será permitido? — Finn indagou, parecendo irritado. E era óbvio, pois ele tinha Paula.

— Questões de segurança. Não confiamos em qualquer um ao redor de vocês.

— Connor, isso nem faz sentido. Quem decidiu…

— Não importa — cortou-me. — Daqui por diante, as coisas serão assim. Retornem ao quarto de vocês. Espero todos prontos em meia hora para o café da manhã no restaurante.

Décimo

You've been testing my faith and my patience. And you know that I be headstrong, but you know that you be dead wrong telling me to relax when I'm reacting.

Você tem testado minha fé e minha paciência. E sabe que eu sou teimosa, mas sabe que estaria muito errado ao me dizer para relaxar quando estou reagindo.
Hard place - H.E.R.

8 de fevereiro de 2019.

  Naquela sexta-feira, fomos arrancados da cama às seis da manhã. Estávamos em Madrid para compromissos com a imprensa, e um Connor histérico nos fez irmos apressados até o quarto que Finn dividia com Mase.

  — Recebi uma notificação da gravadora e quero comunicá-los de que haverá uma troca na equipe que nos acompanha. Devido aos recentes casos de incêndio e atentado que enfrentamos e a uma investigação policial que está sendo feita, todos os funcionários do time pessoal de vocês foram dispensados, e hoje nós apresentaremos os novos profissionais que seguirão conosco no dia a dia.

  — Você demitiu todo mundo? — Mase perguntou, incrédulo.

  — A gravadora fez isso.

  — Você também foi demitido? — insistiu.

  — Não, eu seguirei no comando.

  Olhando ao redor, para os meus amigos, todos pareciam estarrecidos. Trabalhávamos com uma equipe pequena rotineiramente, que crescia durante as turnês. Ele tinha dispensado a equipe pequena ou a grande? E com que direito ele afastou profissionais que trabalhavam conosco há anos?

  — Connor, qual foi o motivo disso? — indaguei. — Nós trabalhamos com essas pessoas há muito tempo. Confiamos nelas. Por que demitir

— Nada ainda. Quem sabe um árabe, em sua homenagem?

Sorrindo, ela respondeu de imediato:

— Ótimas memórias envolvem a combinação Noah + árabe. Queria estar aí com você para provar dos dois outra vez. Mas como não estou, vou mergulhar no meu trabalho. Vai me avisar se eu puder fazer algo pela Layla? E pode dizer a ela que estou aqui se quiser conversar?

— Vou te mandar o número. Tenho certeza de que ela vai gostar de receber uma mensagem sua.

Lembrei que Layla sempre conversava com Erin durante a viagem e falava muito bem dela.

— Agradeço. Agora, bom jantar e bom descanso. Sonhe comigo.

Ela não precisou nem pedir duas vezes.

— Claro. Eu não sabia se você estava disponível. — Apoiei o celular na cômoda do quarto. Eu estava enrolado em uma toalha e poderia me trocar enquanto falava com ela, pois não apareceria no vídeo.

— Vou trabalhar de casa hoje. Tenho algumas coisas para resolver. Mas acordei no horário de sempre e não consegui voltar para a cama. Enfim, conte como você está. Fale sobre Layla.

— Estou bem. Sentindo sua falta. — Soltei a toalha, abrindo a gaveta para pegar uma cueca. — Doido para fugir do trabalho e passar uns dias com voc...

— Noah? — chamou, e eu parei o que fazia para vê-la. — Tem um espelho atrás de você.

Olhei para trás. Minha bunda estava no espelho. Olhei para a minha miniatura no celular. Meu bumbum aparecia na tela dela.

— Puta que pariu, eu sou horrível com esta coisa de vídeo. — Puxei a cueca pelas pernas, imediatamente. — Acho que devo me desculpar por expô-la ao nudismo tão cedo.

— Não se desculpe. Foi uma ótima maneira de começar o dia. — Nos seus lábios, surgiu um sorriso malicioso. Neguei com a cabeça, sabendo que estava perdido. — Enfim, continue o que você estava dizendo.

— Sim. O trabalho está cansativo, mas não quero falar muito disso. Já foi bem estressante. A situação com Layla é algo de que não temos muitas informações ainda. Ela está tentando lidar junto a Owen. Mase também está ajudando. — Vesti a camisa e peguei o celular da cômoda, levando-o comigo para a cama. A polícia está tentando descobrir de onde foi feita a publicação. Mas você viu como é a nossa equipe. Estão tentando descartá-la, se realmente as ameaças forem reais.

— E você acha que são?

— Não. Layla passou por muita merda junto com a gente. Acredito em uma traição dela tanto quanto acredito que Finn, Luca, Owen ou Mase fariam isso.

Ficamos quase vinte minutos conversando. A voz de Erin foi me acalmando e senti meu corpo relaxar na cama; o braço que segurava o telefone começou a pesar. Percebi que era hora de encerrar a chamada, dormir um pouco e deixar Erin trabalhar.

— Acho que vou tirar um cochilo enquanto minha comida não chega — comentei.

— O que você pediu?

se Lay havia mesmo traído, para que ela fosse imediatamente condenada e afastada do convívio da banda.

Como se fôssemos fazer isso com ela.

Layla era amiga de Mase muito antes de ele entrar na Age 17. Durante todos os nossos anos de banda, ela foi extremamente fiel a nós, aturando muita merda da nossa produção. Desistiu da carreira de cantora para seguir o namorado e atender aos clamores de Connor e da gravadora. Afastá-la do nosso convívio, sem dar a chance de entender quem era esse hacker e o que ele queria com ela, simplesmente não aconteceria.

Cheguei em casa tarde, exausto. Tudo o que eu queria era comer e dormir, mas assim que saí do banho notei que havia recebido uma mensagem de texto de Erin.

Não que estivéssemos nos falando diariamente, porém eu respondi seu e-mail com uma mensagem um pouco mais simples, dizendo que sentia o mesmo, que queria conhecê-la melhor e que cumpriria minha promessa assim que possível. Desde então, ela havia me mandado uma foto de algo que viu e se lembrou de mim, eu enviei uma música, um meme... Poucas coisas. Queria falar com ela o tempo inteiro, mas não sabia como, e o fuso horário não ajudava. Por exemplo, já eram nove da noite aqui na Inglaterra, contudo na Austrália eram seis da manhã do dia seguinte.

> Oi. Acabei de acordar e vi a postagem no perfil da Layla. Ela está bem?

A mensagem já tinha sido enviada há oito minutos. Corri para responder antes que ela se afastasse demais do telefone.

> Não. Longa história.

> Me liga quando puder. Se quiser contar o que é, claro.

Criei coragem e disquei para ela. Erin rejeitou, mas me ligou por vídeo logo em seguida.

— Oi. A gente pode conversar assim?

Quis responder, mas fiquei levemente impactado com seu rosto, seu sorriso. Ela estava com o rosto um pouco inchado, já que provavelmente devia ter acordado naquela hora. Reconheci o espaço como a mesa em seu quarto.

56

— Aqui. — Estendi o celular, e a última publicação tinha uma foto de Owen com chifres.

A descrição da imagem era a seguinte:

> Este perfil não é mais da Layla. Pertence a nós. E nós temos provas de tudo o que ela fez. Todas as traições que cometeu contra o Owen e a Age 17. Não iremos mais tolerar nada disso. Layla, termine seu namoro e saia de perto dos rapazes. Se não o fizer, exporemos todas as vezes que você foi desleal com o grupo. Com o Owen. Este é um aviso final.
> SR3G4 71

A mensagem do Twitter era a mesma. Finn abriu os perfis no próprio telefone.

— Senhorita Layla, em uma situação normal, eu diria para simplesmente procurar a Delegacia de Crimes Cibernéticos. Mas considerando minhas investigações atuais, gostaria de lhe fazer uma pergunta.

— Sim, senhor.

— Por acaso a senhorita esteve presente no incêndio da Soul & Saul e no voo onde a bomba foi localizada?

— Sim… Eu fui encontrar Owen no fim do ensaio e fiquei lá. E no dia do voo eu viajei com eles para a Austrália.

— A senhorita se incomodaria de me encontrar na Delegacia de Crimes Cibernéticos para prestar queixa sobre o ocorrido em suas redes sociais?

— Posso ir quando o senhor quiser.

— Ótimo. Podemos nos encontrar lá em uma hora?

Layla concordou e encerramos a ligação. Owen provavelmente se sentiu culpado por não tê-la atendido, pois se retirou e foi conversar ao telefone.

— Senhor Lewis… — Mase começou.

— Por favor, me chamem de Scott — ele o interrompeu.

— Scott, acredita que esse hacker pode estar conectado com o incêndio e tudo o mais?

— Por enquanto, é só uma sensação. Vou elaborar isso melhor. Antes que eu vá encontrar a moça, vocês poderiam responder algumas perguntas?

Após as indagações, nós fomos todos para o escritório da gravadora, porque teríamos reuniões durante o dia inteiro. Owen foi retirado da sala para resolver a situação de Layla. A produção exigia saber o que eles tinham,

— Eu falo, sem problemas. — Finn foi o primeiro a se manifestar, mas todos os outros o seguiram. Eu também.

Dave ligou para o cara, que chegou rapidamente. Estava por perto, pelo que pareceu. Ele era da SCD, a Diretoria de Polícia Especializada. Seu nome era Scott Lewis, um homem negro tão alto que poderia ser jogador de basquete. Talvez fosse, quem sabe. Já tinha o físico de um.

Mas o senhor Lewis não conseguiu completar uma frase, porque o celular de Owen começou a tocar. No visor estava o nome de Layla. Bufando, ele rejeitou a chamada e colocou o celular no mudo.

— Se precisar atender, eu posso esperar — garantiu Scott.

— É minha namorada. Ela sabe que estou ocupado e pode aguardar.

— Fique à vontade para falar com ela, se for o caso. Bom, senhores, não quero tomar o tempo de ninguém. Um amigo pegou o caso do incêndio na Soul & Saul, e eu o ajudei em algumas fases da investigação. Quando Dave me falou que vocês estavam no avião com a bomba, ofereci-me para trabalhar no caso. Acho que cruzar as informações que temos com as que obtive quando trabalhei com esse amigo pode dar resultado.

Durante todo o tempo em que Scott falava, o celular de Owen tocou sobre a mesa. Isso me chamou atenção, e vi que era Layla. Pelo tanto que ela ligou, ficou óbvio que era algo urgente. Mas meu amigo fingiu que não era com ele. Até que o de Mase começou a tocar e ele pediu licença para sair. Voltou, mas com o rosto lívido.

— Senhor Lewis, Layla é a namorada de Owen. Será que o senhor pode ouvir o que ela tem a dizer? — Com a concordância do policial, Mase colocou no viva-voz: — Lay, o senhor Lewis é policial. Estamos os cinco aqui, com Dave, Kenan e ele. Diga o que está acontecendo.

— Oi. Alguém invadiu minhas redes sociais. Fez vários posts. Disse que vão divulgar todas as minhas traições à banda, no Dia dos Namorados. Mas eu não sei o que estão dizendo, que traições são essas. Estou confusa. Meu Deus, eu juro, eu não traí ninguém, nenhum de vocês, nem mesmo o Owen. Não sei do que estão falando.

— Senhorita Layla, bom dia. Aqui é o policial Scott Lewis. Estou investigando o caso de bomba no voo onde os rapazes estavam. Por favor, posso ter acesso a essas mensagens que foram postadas?

Eu já estava abrindo o celular para procurar as redes sociais dela, e o Instagram foi o primeiro alvo.

— Claro. Elas estão no meu perfil do Twitter e do Instagram. Mas eu posso mandar…

aquele apartamento era dela? Você pegou a coreana?

— Ela é metade japonesa. — Vi quando Owen se manifestou para falar, mas logo o cortei: — Não fale o que você está pensando, porque é bem possível que seja algo xenofóbico. Mas sim, Erin é filha de uma brasileira e um japonês. Nasceu no Brasil. Não sei se tem cidadania japonesa.

— Ok, não mude de assunto. Japonesa. Pegou ou não?

— Quem está mudando de assunto aqui é você. Quero saber o que aconteceu para estar roubando a minha cerveja às oito e... — Fiz uma pausa para olhar no relógio. — Quero saber o que aconteceu para estar roubando a minha cerveja às oito e vinte e três da manhã de uma segunda-feira.

Owen suspirou e arrancou um pedaço do rótulo da garrafa.

— Meio que é culpa sua, sabia?

— O que eu fiz? — indaguei, cruzando os braços sobre o peito.

— Perdeu a hora pelado na casa da metade japonesa Erin Agatsuma. — Bufou. — Agora Connor quer que eu faça uma coisa para compensar o estresse que você causou, e Layla não concorda. Estamos brigando desde então.

— O que ele...

Salvando Owen de uma explicação, o interfone soou. O porteiro avisou que dois carros tinham passado na portaria, o de Finn e o de Luca, e que ele permitiu que subissem porque estavam na lista de pessoas autorizadas. Disse a ele que Mase e Dave também viriam, mas que qualquer outro precisava ser anunciado.

Com os outros em casa, mudamos de assunto. Não que falar sobre aquilo na frente dos caras fosse um problema, mas a conversa andou. Por fim, estávamos nós cinco e os dois seguranças. Dave começou:

— Seguinte, não sou eu que quero falar com vocês. É um amigo meu, que é investigador da polícia. Conversei com ele quando vocês me disseram o que ouviram no voo. Ele quer muito encontrar vocês e coletar depoimentos, mas Connor recusou. Disse que isso só alimentaria boatos e não daria em nada. Bom, nem eu nem Kenan acreditamos nisso. É o segundo incidente que envolve a banda, em poucos meses. Como seguranças de vocês, gostaríamos de saber se estão dispostos a fazer uma reunião informal com esse meu amigo. Ele viria aqui, faria algumas perguntas e ninguém saberia de nada.

De primeira, fiquei um pouco nervoso. Será que aquela história era verdade e que alguém estava atrás de nós? O incêndio e a bomba não eram apenas coincidências?

Nono

Don't know if I should fight or flight, but I don't mind.
Não sei se deveria fugir ou lutar, mas não ligo.
Safety net - Ariana Grande.

14 de janeiro de 2019.
Era antes das oito da manhã e Owen já estava bebendo.

— Mano, cerveja a esta hora vai direto para o cérebro, não para o estômago — brinquei.

— Tomara que vá. Assim, quem sabe, as coisas ficam mais fáceis.

Encarei-o de lado. Estávamos sentados na varanda do meu apartamento, esperando os outros integrantes da banda chegarem. Para ser sincero, eu não sabia mais quem viria, mas os outros quatro estavam garantidos. Provavelmente Dave, já que foi ele quem pediu para conversar conosco. Kenan, seu fiel escudeiro, deveria vir também. Eu esperava que Connor não desse as caras, porque isso sim estragaria minha segunda-feira.

— Que merda aconteceu com você?

Owen me deu um olhar torto, engolindo mais um pouco de líquido.

— Eu é que deveria perguntar. Você ainda não me contou o que aconteceu naquele dia na Austrália.

— E desde quando a gente compartilha esse tipo de detalhes? Eu não pergunto sobre a sua vida sexual com a Layla.

— Então você estava mesmo retomando uma vida sexual? Achei que você era BV.

Dei uma cotovelada em suas costelas. O grito de dor foi imediato.

— Essa piada já perdeu a graça faz tempo, cara.

— Eu sei, mas é que você é lento, mano. Demorou noventa anos para perceber o interesse da Erin, e só se deu conta porque avisamos. Espera,

Desde que você saiu daqui, fiquei pensando em todas as coisas que queria ter dito e não disse. Você é lindo. Por fora, mas principalmente por dentro. E eu quero muito conhecer tudo que faz de você... você. Saber os seus gostos, os seus medos, o que te faz rir, o que te emociona. E é uma pena que seja necessário um dia inteiro em aviões para diminuir a distância física entre nós. Também compreendo a situação em que você está, o tanto que poderia causar atrito entre você e sua equipe. Não espero que você faça como Finn, que jogue tudo para o alto, pois sei que as situações são distintas. Como disse, eu compreendo. Mas, mesmo assim, ficaria muito feliz se pudéssemos manter contato. Sei que você ficaria em dúvida se deveria, porque eu também fiquei, mas decidi dar o primeiro passo. Seria ótimo se pudéssemos trocar mensagens, conhecer melhor um ao outro e, quem sabe, quando você vier fazer shows na Austrália, caminhar pela Circular Quay e assistir à nossa peça na Ópera de Sydney. Saiba que, para mim, isso seria uma honra.

Espero que seja um bom voo até Londres. E que você não precise dos seus óculos, porque os esqueceu aqui.

Com carinho,
Erin.

E depois de terminar a leitura, duas coisas ficaram muito vivas na minha mente: um, eu tinha esquecido meus óculos de novo, era por isso que estava tão difícil enxergar algumas coisas; dois, será impossível tirar essa mulher do pensamento.

Foi o que fizemos. Aproveitei os últimos momentos na sua companhia, mas Owen mandou mensagem dizendo que estavam a cinco minutos do endereço, e eu desci. Não antes de roubar outro beijo que levou todo o meu fôlego embora.

O tipo de baixaria que ouvi por ter atrasado o grupo era algo comum, que acontecia com frequência. Mas felizmente Connor achou que eu estava com uma mulher qualquer, e não com alguém que realmente tinha mexido comigo. Já havíamos sido pegos em situações similares, o que rendia sermão e multa. Não seria diferente dessa vez. Mas, pelo menos, o processo não chegaria, como chegou para Finn.

Bom, pelo menos não por enquanto.

Enquanto estava de pé no aeroporto, esperando para entrar, recebi uma mensagem de Erin pedindo meu e-mail. Mandei o que ela queria, sem questionar. Dividi o lugar no voo com Mase, que estava mais preocupado em dormir do que em fofocar sobre a minha vida. Ele só bateu no meu ombro e disse que eu deveria ser mais esperto da próxima vez. As mensagens para colocarmos os aparelhos eletrônicos em modo avião veio, e uma notificação chegou bem naquele momento. Era uma mensagem de Erin, com um título que chamou minha atenção. Abri para que o e-mail carregasse antes de eu ficar sem internet. Era um texto grande, sem anexos.

Contei ansiosamente os segundos até que decolássemos e eu pudesse pegar o telefone de novo. Aumentei a fonte, que parecia impossível de ler.

De: erinagatsuma@gmail.com
Assunto: E-mail que deveria ser uma carta sobre o que vivemos

Meu querido Noah,

— Sim, mas não há nenhuma informação séria. Apenas teorias. Só acho que é algo com que vocês vão precisar se preocupar, porque saiu em um jornal importante.

O café ficou pronto e ela deixou o celular para trocar a xícara da máquina. Antes que Erin pegasse o telefone de novo, virei seu corpo de frente para o meu. Os bicos dos seus seios marcavam a blusa, e eu me lembrava exatamente do sabor deles na minha língua, mas precisava ficar focado. Não tinha tempo para tratá-la como merecia e estar lá embaixo antes de a van chegar.

Apertei de leve sua cintura, tentando controlar meus nervos.

— Estou muito, muito feliz por ter te conhecido. Queria muito ter mais tempo, poder te levar para sair de verdade. Mas você trabalha no meio e sabe o quanto esta vida é complicada.

— Eu sei. A noite de ontem foi especial e vou guardá-la comigo, mesmo que seja a única que teremos.

— Os últimos dias foram especiais e vou guardá-los comigo também, mesmo que não sejamos capazes de repetir nada disso. Passar a noite aqui foi incrível, mas você me ganhou desde o "sejam bem-vindos à Austrália". — Respirei fundo, porque sabia que essa era a hora em que nossos caminhos se separavam. — Posso mandar mensagem para você depois que chegar a Londres? Eu prometi que voltaria e não quero que me esqueça até eu retornar.

Ela deu uma risadinha e passou a unha pela minha barba. *Pelo amor de Deus, mulher, esse negócio me dá arrepio!*

— Eu adoraria manter contato. E, sim, você me fez uma promessa e vai ter que cumprir. — Puxou meu rosto para o dela, dando-me um beijo lento, como se tivéssemos todo o tempo do mundo.

Mas não tínhamos, e a máquina de café deixou isso claro.

Separando-me dela, deixei que se virasse e estendesse a xícara para mim. Eu queria jogar o café fora e beber dos seus lábios outra vez, mas sabia que meu tempo estava contado.

— Beba logo. Vou me trocar para acompanhar você lá embaixo.

— Não, não precisa. Eu vou sozinho.

Se Connor me visse com Erin, surtaria por todo o caminho até o aeroporto. Pelas mensagens que vi, por cima, no meu celular, ele já estava bravo o suficiente.

— Então vamos nos sentar ali na sala, para tomar o café antes de você ir embora de vez.

— Não mente pra mim, maluco. Cheguei lá no quarto e não te encontrei. Connor está pressionando a gente e vai comer seu fígado. Já te ligou milhões de vezes.

— Ok, não estou chegando em lugar nenhum. Mas estou perto. Chego em quinze minutos — respondi, olhando para Erin e esperando sua confirmação. Ela acenou.

— Esquece. Me dê o endereço de onde você está que nós vamos passar por aí.

— Porra, eu te amo, Owen. Assim eu consigo me vestir e…

— Se eu não estivesse tão desesperado, riria da sua cara. Vamos conversar depois.

— E as minhas coisas?

— Finn cuidou das suas malas, idiota. Mande o endereço agora e vá esperar na porta. Vestido. — A última palavra foi dita em um sussurro antes de a ligação ser encerrada.

— Noah, mil desculpas — Erin disse, já vestida com uma camiseta. — Eu apaguei e nem me dei conta…

— Ei, quem tinha que se preocupar com isso era eu. — Comecei a vestir minhas próprias roupas, que estavam espalhadas pelo quarto. — Mas preciso do endereço daqui, para a van me buscar.

— Claro. — Ela ditou para mim, então o mandei por mensagem para Owen. — O que eu posso fazer para ajudar?

Pensei por um segundo no que dava para fazer em quinze minutos.

— Eu só preciso me vestir e ficar lá embaixo. Desculpa, não queria que a nossa despedida fosse assim apressada.

— Eu vou passar um café, você pode levar para viagem se não der tempo de tomar aqui.

E saiu do quarto. Eu terminei de me vestir e a segui até a cozinha. Ela estava parada na frente da máquina de café, daquelas que usam cápsulas, lendo alguma coisa no celular.

— Ei, olha esta matéria… — Mostrou o celular para mim. Franzi os olhos para ler, porque estava sem óculos. Precisava encontrá-los antes de ir. — Saiu a notícia sobre vocês voarem no avião com uma bomba, e a matéria fala de estarem presentes tanto nessa situação quanto naquele incêndio, meses atrás.

— Estão fazendo algum tipo de relação? — Parei atrás dela para ler, mas fui imediatamente afetado pelo calor do seu corpo no meu. As memórias ainda eram muito recentes.

48

OITAVO

Seu sorriso fica meio bagunçado quando tô do lado, deixa eu arrumar. Coisa linda, te contar uma ideia: já imaginou a gente junto? Sonho bom de sonhar.
Pega a visão - Melim

11 de janeiro de 2019.

  O dia não tinha amanhecido quando ouvi meu celular tocando. A pessoa do outro lado era insistente, só poderia ser Connor. Fiz um esforço para me lembrar das coisas, se havia um motivo para ele ligar tão cedo. Ou tão tarde. Então meus olhos se arregalaram, porque eu tinha um voo e possivelmente estava atrasado.

  Tentei me sentar na cama, mas foi quando me dei conta de que havia um corpo entrelaçado ao meu. Olhei para o lado e notei Erin começando a despertar.

  Ê, caramba. A noite foi boa e eu perdi completamente a hora.

  Não foi isso que eu tinha imaginado. Depois de toda a atividade sexual, meu plano era conversar um pouco, pegar minhas coisas e ir embora. Mas eu fechei os olhos por alguns momentos, para aproveitar a sensação de estar com aquela mulher em específico, que não era nada como eu tinha experimentado até aqui, e só despertei agora.

— É o seu? — ela questionou, a voz muito sonolenta.

— É. Perdi a hora, deve ser o Connor.

— Ai, caramba, o voo. — Ela se separou de mim, esticando-se para o próprio telefone. Ergui-me da cama e fui atrás do meu. — São cinco e meia.

— Devem estar me esperando.

Peguei o celular e, por sorte, era Owen.

— Mano, cadê você, porra?

— Tô chegando! Cinco minutos — menti.

Amanhã era outro dia, o futuro era um problema para resolvermos. Mas ali, naquele momento, eu tive que arriscar. Tive que fazer o necessário.

E o necessário parecia ser tomar tudo que aquela mulher estivesse disposta a me dar.

para sempre. Sabíamos que algum dia encontraríamos alguém. Concordamos em ficar juntos se algo assim acontecesse. Apoiar um ao outro. Ao longo dos anos, todos fomos muito discretos. Eu, por exemplo, nunca namorei ninguém, porque sabia que seria um desafio. Finn foi o primeiro de nós, mas não por culpa dele. Os rumores surgiram na imprensa. Quando os dois são famosos, a situação é muito mais difícil de esconder.

— Nós dois andamos juntos ao ar livre, de mão dadas.

— Sim, eu sei.

— E isso não te preocupa? Não acha que eles viriam atrás de você por quebra de contrato também?

Suspirei, encarando essa situação de frente pela primeira vez. Estiquei a mão até a dela, puxei seus dedos para os meus.

— Sem dúvidas eles virão atrás de mim por quebra de contrato, se souberem; mas, sinceramente, eu não poderia me importar menos.

— Não acha que devíamos ter sido mais cautelosos? Não quero te causar problemas.

Seus olhos pareciam mais confusos do que nunca, estudando meu rosto por respostas que eu também não tinha.

— O que eu acho, Erin, é que meus amigos e eu deixamos muitas coisas boas passarem na nossa vida para atender aos interesses dos nossos empresários. — Levei até meu coração a mão que estava entrelaçada na dela e, com a outra, segurei seu rosto. — Você não é só uma coisa boa. Desde que coloquei meus olhos em você, no primeiro dia em que estive aqui, eu te quis. Sabia que você era demais para mim e que eu estava sonhando alto, mas no momento em que me disse que queria sair comigo... Erin, eu tinha que fazer alguma coisa. Agir. Levar isso aqui à frente. Poderia durar um encontro ou uma vida, mas não pude deixar de tentar. — Respirei fundo, sem conseguir me conter mais. — E agora eu preciso fazer outra coisa. Agir de novo.

— Fazer o quê? — Pude ouvir uma nota de ansiedade em sua voz.

— Te beijar.

Meu ímpeto foi tamanho que acabei empurrando nós dois para o outro lado da estreita cozinha, onde havia um balcão de granito. Erin agarrou meu pescoço e aprofundou o beijo que havia começado lento, mas logo ganhou toda intensidade. Eu sentia minha pulsação nos ouvidos, e meus sentidos foram tomados por seu toque, seu calor, seu cheiro e pelos doces sons que saíam de sua boca. Pelo gosto dos seus lábios nos meus.

Meu Deus, essa mulher não consegue ficar feia? Ela nem sequer estava arrumada, mas parecia a melhor visão do mundo.

Sem condições.

— O cheiro está muito bom. Acho que a gente deveria comer logo.

— Ótima ideia. Estou faminta.

Puxei a cadeira e Erin ficou me encarando. Pareceu que ela estava esperando que eu me sentasse, então ergui as sobrancelhas em direção ao assento, para que ela visse que não era para mim. Sorrindo, ela se sentou e deixou que eu a empurrasse de volta à mesa. Como eu disse antes, essa mulher não parece acostumada a pequenas gentilezas.

Nós ficamos à mesa conversando, comendo e tomando um pouco de vinho. Honestamente, fiquei abismado com a forma como o assunto fluiu tão facilmente, como eu me sentia bem ao conversar com ela. Eu não queria… Eu não deveria gostar do que estava vivendo. Mas parecia mais difícil, a cada momento, negar essa proximidade. O que era péssimo, porque eu tinha um voo para pegar pela manhã.

— Posso perguntar uma coisa? — Erin questionou, enquanto lavava a louça que eu havia trazido da sala. — Se não quiser ou puder responder, tudo bem. É só algo que ficou na minha cabeça.

— Pergunte. — Apoiei-me de costas na bancada da pia e cruzei os braços sobre o peito.

— Contratos nessa indústria em que a gente está são complicados, muitas vezes, e você comentou sobre estar com uma mulher em vez de no hotel. Que isso poderia ser um problema. É por causa de um contrato?

Cocei a cabeça, sem saber o que falar. Não queria mentir, e senti que podia confiar nela. E se algo vazasse… Eu simplesmente negaria até a morte.

— Nós assinamos o contrato, mas havia uma cláusula de que não poderíamos ter um relacionamento público. O único que assinou sem essa condição foi Owen, porque já estava com a Layla. Acho que no dele fala algo sobre eles terem de *manter* o relacionamento. Não sei por quantos anos.

— Mas e o namoro do Finn com a Paula? — Erin secou a mão em um pano de prato e parou na minha frente, a centímetros de distância.

— Ele está sendo processado por isso.

— Meu Deus. — Levou a mão à boca, em choque. — É caso de multa ou quebra de contrato?

— Quebra de contrato. Honestamente, todos sabíamos que esse momento chegaria. Seria impossível para qualquer um de nós ficar solteiro

Erin mostrou os cômodos: a cozinha, logo na entrada, onde deixou a comida; um banheiro, que estava com a porta fechada; e o quarto, lugar em que ela entrou e deixou suas coisas. Fiquei esperando do lado de fora, sem saber se deveria segui-la em seu espaço privado.

— Pode vir aqui, se quiser — gritou, do lado de dentro.

O quarto era um tom muito, muito claro de rosa. Duvidei se era mesmo rosa ou branco e minha mente havia me pregado uma peça. A cama estava bagunçada, e havia uma cadeira coberta de roupas dobradas, inclusive peças íntimas. Desviei o olhar, porque o objetivo não era reparar nas suas coisas. Tinha uma mesa de trabalho perto de uma janela fechada e uma televisão. Também havia duas portas: uma para o que parecia ser um closet e outra na direção do banheiro. Talvez os dois fossem conectados, mas não cheguei a entrar para saber. Ela veio de onde deveria ser o closet, com algumas roupas na mão.

— Eu realmente queria tomar um banho. Você pode esperar?

Claro. Quer ajuda?

Melhor não dizer isso.

— Sim. Tudo bem se eu levar as embalagens de comida para a sala?

— A casa é sua. Pratos e taças no armário de cima da cozinha, talheres na gaveta e copos no escorredor. Eu acho que deixei um vinho na geladeira.

— Qualquer coisa a gente coloca gelo. — Dei de ombros, saindo do quarto.

Encontrei tudo onde ela indicou, inclusive porta-copos. A sala do seu apartamento tinha uma mesa de jantar, um sofá ridiculamente confortável, um tapete e um rack onde estavam a TV e algumas fotos. Parei alguns minutos para ver as imagens, chocando-me um pouco com o tanto que ela se parecia com o pai. Não só os olhos, mas o sorriso e o cabelo eram semelhantes. Da mãe, aparentemente só o nariz. Eles pareciam tão bonitos e felizes na imagem, que senti saudades de casa.

Decidi montar a mesa para comermos. Coloquei o jogo americano e os talheres que encontrei no armário e centralizei as embalagens de alimentos. Na geladeira, como ela sinalizou, havia uma garrafa de vinho aberta, mas ainda com bastante conteúdo. Levei-a para a sala e me sentei no sofá por alguns instantes. Tinha terminado de puxar o celular do bolso quando ouvi passos no corredor.

— Não demorei, né? — Erin usava uma camisa comprida e short jeans, mas os pés estavam descalços e ela secava os cabelos em uma toalha.

— Uau, que mesa organizada! — Caminhou até lá e eu só observei.

DEIXA

43

pais quando se mudaram. O nome dela não é esse, mas ela também não fala qual é. Diz que assim é mais fácil para os que não são árabes pronunciarem.

— Eu entendo… Luca também faz isso.

— Sério? — questionou, surpresa.

Droga, já abri a boca para falar da vida dele.

— É, Luca acha o nome dele muito diferente e não quer que as pessoas comentem a respeito. — Esforcei-me para não dizer o real motivo, o fato de ele às vezes gaguejar para pronunciar o nome verdadeiro. — Enfim, ele não gosta muito que a gente fale sobre isso.

— Tudo bem. Segredo de banda. Não vai sair deste carro. — Ela suspirou. — Eu sei que acho um pouco triste, pois apaga a origem da pessoa. Mas não posso questionar muito: meu nome é Erin, de origem irlandesa, apesar de os meus pais serem do Brasil e do Japão.

— E eles disseram por que escolheram o seu nome?

Ela bufou e negou com a cabeça. Depois, deu seta para entrar no subsolo de um prédio.

Desistimos do assunto, porque muita coisa começou a acontecer. A vaga em que ela precisava estacionar parecia impossível: apertada e com dois carros gigantes ladeando o seu. Na hora de sair, fiz um esforço enorme para não bater a porta na lataria do outro carro, mas Erin não se importou muito. Deixou que o lado dela encostasse e, inclusive, vi uma marca.

— Não seja o vizinho babaca que para na vaga dos outros — disse, parecendo brava. Em seguida, pegou seus pertences do carro e saiu de perto.

Olhei para a vaga e vi que Erin tinha toda a razão. A marcação no chão era pequena, mas o carro ao meu lado havia parado sobre a linha, e o outro estava com quase meia roda para dentro do espaço dela. Vizinhos são problemáticos.

— Por um momento eu pensei que você não conseguiria entrar sem bater.

Ela deu de ombros. Fui mais rápido dessa vez e chamei o elevador, que estava parado ali.

— Já estou neste prédio há seis anos, lidando com os dois babacas ruins de roda. Depois, mulher é que não sabe dirigir.

Subimos até o sexto andar e chegamos a um apartamento curioso. Primeiro, tinha um longo corredor com três portas do lado esquerdo. No direito, havia quadros e duas bandeiras: uma do Brasil e outra do Japão. O final do corredor se abria em uma ampla sala de estar.

— Você tomou banho? A gente não tinha combinado de ficar aqui?

— É, então… — Como se oferecer para ir à casa de alguém? — Que tal se a gente for para o seu apartamento? Você se incomoda?

— Claro que não. Vamos. A gente pode inclusive passar em um restaurante que eu amo, que fica no meio do caminho. Eles servem comida árabe. Você come? — Ela prosseguiu logo que concordei: — Ótimo. Vou pedir pelo aplicativo. Quando chegarmos é só retirar. — Mexeu na tela do celular e me mostrou. Escolhemos rapidamente o que comer. — Achei que você quisesse ficar aqui porque estava cansado.

— E estou. — Respirei fundo, afastando-me para pegar carteira, óculos e celular. — Mas também não aguento mais este quarto de hotel, será bom mudar de ares um pouco. Além disso, sempre corro o risco de alguém da equipe bater aqui na porta.

Saímos do quarto e ela foi na frente, chamando o elevador. Erin parecia tão acostumada a servir os outros que era muito difícil fazer pequenas gentilezas por ela. Até mesmo no nosso encontro foi normal vê-la segurar a porta para eu passar, escolher lugares, puxar a própria cadeira. Minha mãe me criou para tratar muito bem uma mulher, além das coisas básicas, mas eu teria que aprender a cuidar dela nos mínimos detalhes. Amar no pouco, sabe?

Pelo amor de Deus, Noah, quem foi que falou em amor?

— O que acontece se sua equipe bate à porta e você está com outra pessoa? — Cruzou os braços dentro do elevador, encostando-se na parede.

— Vamos dividir em partes a resposta. — Parei ao seu lado, querendo tocá-la, mas em dúvida se deveria. — Se eles fizerem isso e eu não estiver lá, procuram no quarto dos outros caras. Se eu não estiver em lugar nenhum, eles ligam. Agora, se eu estiver com outra pessoa, com uma… com uma mulher, o buraco é mais embaixo.

O elevador parou no andar seguinte e não conversamos mais pelo restante do trajeto. Quando chegamos ao carro, o assunto mudou. Erin dirigiu com tranquilidade e, dez minutos depois, parou em frente a um restaurante. Mais precisamente, em frente a uma senhorinha com uma embalagem de delivery.

— Dona Nair, eu podia ter descido lá para pegar — disse, estendendo a mão para fora do carro. — Obrigada.

— Por nada, minha filha. Da próxima vez, não precisa usar o aplicativo. Os meninos já conhecem seu nome e deixaram tudo como você gosta.

— Obrigada. — As duas se despediram e Erin saiu novamente com o carro. — A dona Nair é muito querida, ela é imigrante e ajudou muito os meus

Fiquei um pouco lento, não só pelo cansaço, mas também pela presença que ela tinha. Eu estava ferrado, porque não conseguia me ver dando as costas para aquele monumento de mulher.

— Por mim tudo bem. Podemos pedir aqui em cima? Quem sabe comermos ali na varanda?

Ela olhou para lá, depois se virou para mim e sorriu.

— Ótima ideia. — Entrelaçou nossas mãos. — Dá para ver que está cansado. Podemos cancelar a peça, se quiser.

— E se eu prometer voltar a Sydney outro dia? Ficamos no hotel hoje, mas eu volto para você me levar aonde quiser.

Ela acenou.

— Acho que gosto da ideia. — O celular começou a tocar. — Ok, estão precisando de mim. Pense no que quer comer e peça para nós, não devo demorar. Prometo. Finn não vai se incomodar de ficarmos aqui? Tem certeza?

— Ele não vai aparecer no quarto até amanhã de manhã. — Eu me certificaria disso.

— Tudo bem. Qualquer coisa, eu moro a quinze minutos daqui. Podemos ficar na minha casa também.

Assim que ela deixou o quarto, eu pensei melhor. Sair do hotel seria algo positivo. Ficar no apartamento dela talvez resolvesse os sentimentos confusos que eu tinha.

Entrei no chuveiro. Deveria ter feito isso logo que cheguei, mas a preguiça havia me dominado. Agora eu tinha pouco tempo para ficar pronto antes que ela voltasse. Talvez eu tenha pegado na mala uma cueca que estava junto das roupas sujas, ou jogado desodorante no pescoço em vez de no sovaco, mas eu já estava vestido quando a campainha tocou.

— Uau! É o Super-Homem? — O tom de Erin parecia espantado enquanto escrutinava meu rosto e meu corpo.

— Eu mesmo, Kalel da Terra-23[1]. Como você descobriu minha identidade secreta?

Rindo, ela entrou no quarto.

— Acho que ainda não o tinha visto sem óculos.

— Há uma primeira vez para tudo nesta vida.

---

1   Uma das versões mais famosas do Super-Homem, Kalel atende pelo nome civil de Calvin Ellis na Terra-23, e veio da ilha de Vathlo, em Krypton, onde a população tem a pele negra.

O que eu diria? Deveria convidá-la para sair? Dizer que estava cansado e me despedir de vez? Deveria esquecer? Ignorar a ligação?

Dane-se.

— Ei! Tudo bem?

Ouvi um falatório do outro lado da linha, mas logo a voz dela soou:

— Oi! Seguinte: estou no aeroporto, o voo das Lolas acabou de chegar. Vou levá-las para o seu hotel, depois fico livre. A que horas você vai amanhã? Seu assistente não quis me dizer.

— Sei que o voo é às 9h.

— Cedo. Que morte horrível. Vocês devem sair lá pelas seis? Não sei. Enfim. Pode ser que a gente não se veja mais, quer fazer alguma coisa hoje?

A parte do "não se veja mais" bateu lá no fundo. Nunca mais ver a pele perfeita, o olhar expressivo, o sorriso doce. Nunca mais era tempo demais; eu iria, no mínimo, aproveitar aquelas últimas horas.

— O que você sugere?

— Se você disser que sim, eu consigo entradas para vermos uma apresentação lá na Ópera de Sydney.

— Esse não é o tipo de coisa que você precisa comprar com antecedência?

— Noah, você sabe que eu conheço pessoas. Só um minuto. — Com o telefone abafado, ouvi Erin conversar com alguém do outro lado, mas não entendi o assunto. — Ok, as Lolas estão aqui. Preciso trabalhar. Vamos ou não?

— Vamos. Saímos para jantar também?

— Acho que já vai ser tarde. Deixa eu confirmar o horário dos ingressos e a gente vai conversando. Devo chegar aí no seu hotel, com as Lolas, em meia hora.

— Pode subir e bater aqui no quarto, se quiser. Finn está com a Paula e a bebê.

— Meu Deus, eu vi uma foto daquela criança ontem. Como pode ser tão fofa? Enfim. Assim que terminar as coisas eu ligo.

Nós nos despedimos e fiquei na mesma posição, esperando por uma mensagem. Perdi a noção do tempo e, quando vi, alguém batia na porta. Peguei os óculos que estavam sobre a mesa de cabeceira e os coloquei enquanto caminhava até lá. Deixei que Erin entrasse, sem falar nada.

— Passei bem rápido. Ainda não estou livre do trabalho. Nossos ingressos são para 21h15. Tudo bem? Pensei em comermos aqui mesmo.

DEIXA

39

Sétimo

And when the daylight comes I'll have to go, but tonight I'm gonna hold you so close. Cause in the daylight we'll be on our own, but tonight I need to hold you so close.
E, quando a luz do dia chegar, eu terei que ir, mas hoje à noite eu vou te abraçar apertado. Porque, na luz do dia, estaremos por conta própria, mas hoje à noite eu vou te abraçar apertado.
Daylight - Maroon 5

10 de janeiro de 2019.
    Ver Erin andando de um lado a outro foi algo capaz de me tirar um pouco do eixo. Nós passamos a manhã gravando para o programa, e ela quis se certificar de que estávamos bem, de que tínhamos o que precisávamos e de que as gravações estavam caminhando. Por outro lado, quando a tarde chegou nós voltamos ao hotel, para almoçar e passar o restante do dia atendendo a imprensa. Comecei a procurar por Erin involuntariamente, mas estávamos jogados nas mãos da nossa equipe outra vez. E ter que aturar Connor acabou comigo.
    Subi para o quarto lá pelas sete, sentindo-me exausto. Só queria me deitar na cama e dormir, mas estava faminto. Tinha que comer alguma coisa.
    Precisava decidir se deveria ligar para Erin também. Nosso voo sairia cedo, então essa era a minha última oportunidade de vê-la. Eu não sabia se deveria, se era válido insistir em algo que não iria para frente. Um relacionamento naquela banda era um tópico muito complicado, cujos envolvidos residiam em países diferentes — uma missão para poucos. Finn era muito doido ou estava perdidamente apaixonado. Talvez um pouco dos dois.
    Mas só de pensar em não encontrá-la novamente... Sei lá, parecia o pior dos absurdos. Como se estivesse tomando a decisão por mim, meu telefone tocou. Na tela, o nome de Erin piscava em desafio.

— Namorada? A Paula das Lolas? — Assenti, e ela continuou: — Elas já chegaram? O previsto era que viessem só quando os compromissos da Age com o programa terminassem. Eu vou ficar responsável por elas também.

— Acho que Paula veio na frente. Não sei. Chegou de manhã, na hora em que eu estava vindo te encontrar. Não fiz muitas perguntas.

Mandei a mensagem, mas fiquei com o celular na mão, esperando a confirmação.

— E vocês precisam mudar de quarto, algo do tipo? Diga a Paula que posso cuidar disso, se for preciso.

— Realmente não sei de nada, mas vou falar com ela. — A mensagem chegou, informando que eu podia subir. — Você vai ficar no hotel? Quais são seus planos?

— Vou para o estúdio. Sei que vocês têm um jantar hoje, não vou vê-los. Só amanhã. Apenas se precisarem de mim aqui.

Dei um passo à frente, sentindo-me corajoso. Entrelacei nossas mãos outra vez.

— Se eu por acaso precisar de alguém para conversar, isso se caracteriza como necessitar de você aqui?

Ela sorriu.

— Seja para conversar ou para dar outros usos para a sua língua, creio que podemos caracterizar isso como precisar de mim, sim.

Com a ênfase que ela deu em *língua*, não consegui me segurar.

— O que eu vou fazer com você, mulher?

— Me dar tchau. Dizer que nos vemos amanhã. E me ligar se precisar de algo.

Rindo, levei sua mão aos lábios e dei um beijo.

O que eu faria, bom, isso não fazia ideia. Mas tinha que decidir rápido, porque já estava doido por essa mulher.

— Várias vezes. Mas não quis deixar muito óbvio, porque estamos em uma relação de trabalho. Não queria que ficasse estranho ou parecer uma desesperada. Vocês devem ter muito disso por aí, mulheres se atirando aos seus pés o tempo inteiro. Porém, se até agora você não tinha percebido que eu estava flertando, só posso pedir desculpas e dizer que vou estudar para melhorar minhas táticas.

— Não creio que foi culpa sua. Minhas amigas dizem que eu sou uma negação e que não vejo algo até que exploda na minha cara.

— Saber disso me deixa um pouco mais tranquila.

— Agora vou repassar todas as nossas interações na minha cabeça, até lembrar quando você flertou comigo.

Rindo, ela esticou a mão e apertou a minha.

— Paquerei em vários momentos, mas deixa pra lá. Vamos pensar daqui para frente.

Erin tentou puxar a mão da minha, mas eu a segurei. Era a minha direita na sua esquerda, mas sou canhoto, então entrelaçar os nossos dedos não atrapalharia em nada a minha refeição.

— Agora que já assumimos interesse um pelo outro, preciso dizer que estou me sentindo um pouco em falha com você por não ter planejado nada para o nosso encontro. Mas não conheço nada na cidade e tinha pensado em te perguntar a respeito.

— Bom, eu não me importo e tenho uma sugestão do que podemos fazer no nosso dia.

Passamos boa parte da manhã em Circular Quay e Sydney Harbour. Caminhamos até a The Rocks, fazendo o clássico passeio da região. Almoçamos por ali também, aproveitando a vista e a companhia. Erin era engraçada e esperta. Sabia exatamente o que fazer para fugir de um grupo de possíveis fãs, como tirar a foto perfeita e puxar assuntos para acabar com os poucos momentos de silêncio entre nós. Fizemos o caminho de volta, mas fomos além para conhecer a Ópera de Sydney, de onde vimos a Harbour Bridge. Passamos o restante da tarde na Ópera, visitando o seu interior. Apesar de não termos agendado com antecedência, a lista de contatos de Erin na cena artística australiana parecia ser enorme, e ela facilmente conseguiu nos colocar para dentro.

Ao voltarmos para o hotel, eu me esqueci de abaixar o boné, então precisamos ser duplamente discretos para que as fãs não nos vissem.

— Preciso mandar uma mensagem para o Finn, porque ele estava com a namorada quando saí hoje cedo.

— Com licença — pediu o garçom, deixando nossos pedidos. A torta parecia bonita, mas tive que atacar primeiro o café.

— Acho que cada um deve usar seu dom da forma que melhor lhe cabe. Minha língua funciona bem para falar outros idiomas, mas acredito que a sua possui atributos tão bons quanto, que podem ser usados para fazer maravilhas.

Quase cuspi o café. Fiquei pensando em todos os atributos da minha língua e onde eu poderia utilizá-la.

— Os atributos da minha língua…

— Credo, o que foi que eu falei? — cortou-me, parecendo chocada consigo mesma. — Nossa, ficou muito estranho. Eu quis dizer que acredito que sua língua possua atributos para o canto. Você a usa para cantar? Ou ela só fica lá paradinha durante a música? — Fez uma pausa de um segundo, que eu ia usar para responder, mas logo completou: — Claro que usa a língua. E aquele monte de lá, lá, lá que existe na música? Aff, eu me compliquei muito.

Parei por um segundo, para beber outro gole de café. Essa atitude de falar rápido, querer se explicar, parecer confusa, me lembrou da Niara. Ela fica assim quando gosta de um cara. Mas esse não poderia ser o caso de Erin, certo? Ela não ficaria desconcertada comigo, pois sempre se mostrou uma mulher forte, que se comunica bem, nada tímida. Eu não afetaria Erin a esse ponto. Ou sim?

Bom, ela aceitou sair comigo. Talvez eu a afetasse.

— Foi estranho, mas entendi o que você quis dizer — tranquilizei-a. — E sim, os atributos da minha língua podem ser utilizados para fazer maravilhas. — Um sorriso malicioso escapou, mas tentei escondê-lo com a xícara.

Erin me deu um sorriso sem graça e ficou me encarando, o que acabou por nos fazer rir. Ela se enrolou e eu simplesmente soltei uma frase de duplo sentido. Que tragédia.

— Olha, sinceramente, nós somos horríveis para flertar — assumiu. — Conseguimos tornar tudo tão constrangedor…

— Nem me fale. Pelo menos você não tentou me paquerar e passou vergonha, como já fiz dezoito vezes.

— Meu Deus, você acha que não flertei com você? — Agora sim ela parecia aterrorizada. — Socorro, eu sou pior do que pensava.

— Você me paquerou? — insisti.

— As Agers são dedicadas — comentei, simplesmente.

As portas para a garagem se abriram e encontramos o carro de Erin com facilidade. Ela o fechou com suas coisas dentro, mas, ao se virar, colocou em mim um boné onde estava escrito Brumbies — o time de rugby por quem ela torcia —, puxando-o para cima dos meus olhos.

— Como eu vou andar, se você não me deixa ver o que está aqui na frente?

— Você tem os meus olhos, não precisa dos seus. — Ela passou o braço pelo meu. — A meta é que as Agers o deixem pelo menos se sentar para o café da manhã.

Eu ri, sem reclamar. Ter pouca visão valeria a pena por estar tão próximo a ela.

Passamos pelas pessoas, mas ninguém prestou muita atenção em mim. Erin me guiou até um restaurante. Era uma construção de dois andares, e ela escolheu uma mesa perto da janela, no piso superior.

— As pessoas até podem nos ver daqui, mas dificilmente invadirão o restaurante para falar com você.

Escolhemos o que comer e ela me indicou provar uma pavlova, que é uma torta de merengue coberta com frutas. Pedi também um café expresso para me sentir um pouco mais humano.

— Posso fazer uma pergunta que me deixou pensativo nos últimos dias?

— Claro — respondeu, puxando os fios de cabelo em um rabo de cavalo.

— Como você decidiu estudar tantos idiomas?

— Foi uma coisa de família. Meu pai nos ensinou japonês; minha mãe, português. Também me fizeram aprender inglês, por motivos óbvios. Acabei pegando gosto por idiomas. Outra língua muito falada no mundo é o espanhol, que eu comecei a estudar na faculdade. Há mais ou menos um ano comecei a aprender francês, mas estou trabalhando tanto que não avancei o suficiente para me considerar fluente.

— E pretende aprender mais algum?

— Pretendo. — Deu uma risadinha. — Acho que vou estudar idiomas até morrer, porque realmente gosto disso. O próximo vai ser mandarim, quero viver na China por um tempo.

— Pelo amor de Deus, Erin, eu mal consigo falar inglês, quanto mais tudo isso...

Ela riu, mas eu estava preocupado. A mulher era avançada demais. Um gênio.

— Algo assim. Fiquem à vontade. Tenho certeza de que sua banda vai adorar outra pausa na carreira para a Lola ganhar um irmãozinho ou irmãzinha, Paula.

Da cama, um travesseiro voou em minha direção. A namorada do meu amigo não parecia feliz comigo.

Peguei a carteira e o celular, calcei o coturno e saí do quarto. Só quando entrei no elevador é que percebi que havia fugido com tanta pressa que nem tinha visto direito a blusa que pegara, se os documentos estavam na carteira ou não, essas coisas. Esperava que sim, porque não tinha pretensão de encontrar o casal #FinnPaula mandando ver.

Parei na fila da cafeteria, olhei o cardápio na parede e pensei no que comeria.

— Parece que alguém empurrou você da cama. — Tomei um susto ao ouvir a voz de Erin ao meu lado.

— Que susto! — Nós dois rimos.

— Desculpa. Eu não queria matar você do coração.

— Vou sobreviver.

— Imagino que esteja com fome, mas queria levá-lo a outro lugar para tomarmos café da manhã.

O nosso hotel era na Circular Quay, a região mais próxima do porto principal de Sydney. Do meu quarto, eu conseguia ver pontos turísticos como a Harbour Bridge e a Ópera de Sydney. Mas, como em todos os lugares do mundo, eu não conhecia nada na cidade, porque eles nos faziam trabalhar muito e não facilitavam possíveis passeios no tempo livre. Essa folga de hoje se deu unicamente por conflitos de agenda. Era para termos um dia de imprensa hoje, mas não foi possível marcar e Connor não conseguiu colocar nada no lugar. Então, depois de muito pedirmos, ele nos concedeu uma folga, que há muito não sabíamos o que era.

— Eu não consegui falar com os seguranças. Não avisei que sairíamos hoje.

— Não se preocupe quanto a isso. Eu já cuidei de tudo. Vamos?

Concordei, Erin me guiou para o elevador novamente e apertou para a garagem.

— Aonde nós vamos? — O fato de precisarmos de carro me deixou um tanto confuso.

— Aqui mesmo na Circular Quay. Só quero deixar meu computador dentro do carro. E nós vamos sair pelos fundos, porque vocês ainda têm fãs na porta do hotel.

> *Noah, vamos aproveitar seu dia de folga? Estou trabalhando aqui no hotel, na cafeteria. Vá lá me encontrar quando acordar.*

Um sorriso involuntário surgiu no meu rosto quando eu pensei que sim, o encontro estava acontecendo. Então ouvi batidas na porta e fiquei me perguntando se poderia ser Erin. Pelo amor de Deus, eu estava de cueca. E furada, ainda por cima. Não querendo acordar Finn, abri apenas uma brecha. O rosto que me encarou do outro lado era feminino, mas não de quem eu esperava.

Era Paula.

— Oi! — sussurrou.

— Oi! — sussurrei de volta.

— Finn está aí? — Nosso tom permaneceu baixo.

— Sim. Está dormindo.

— Eu posso entrar?

— Eu não estou exatamente, hm, vestido — comentei, vendo Paula dar uma risadinha. — Segure a porta e espere uns dois minutos, vou entrar no banheiro.

— Ok, obrigada.

Ela ficou com a mão na maçaneta e eu entrei em silêncio, pegando uma calça no caminho. Não esperava que Paula chegasse tão cedo. Finn tinha medo de voltarmos um dia antes de o voo das Lolas chegar, mas isso o deixaria feliz. E eu daria espaço para os dois.

Quando saí do chuveiro, ouvi o som de risadas felizes e decidi ser rápido. De dentes escovados, perfumado e vestido, voltei ao quarto.

— Pelo amor de Deus, já estou saindo. Esperem antes de começar a nudez.

Paula estava deitada ao lado de Finn, mas os dois apenas conversavam. O que não me impediu de pegar no pé dos dois.

— Vai demorar? Quantas horas? — meu amigo questionou, felizinho demais para o meu gosto.

— Vou sair e deixar a placa de não perturbe na porta — avisei, puxando um moletom marrom da mala. — Mando mensagem quando voltar.

— Lá pelas cinco da tarde?

Pelo amor de Deus, ainda eram oito e quinze da manhã.

Sexto

So won't you call me in the morning? I think that you should call me in the morning if you feel the same, 'cause, baby, it's just me and you. Just us two, even in a crowded room, baby, it's just me and you.
Então você não vai me ligar pela manhã? Acho que você deveria me ligar de manhã, se sentir o mesmo, porque, baby, somos só eu e você. Só nós dois; mesmo em uma sala lotada, baby, somos só eu e você.
Crowded room - Selena Gomez

9 de janeiro de 2019.
    Abrir os olhos no dia seguinte foi uma loucura. A noite inteira ficou passando na minha cabeça quando deitei, e já estava amanhecendo na última vez que me lembro de estar acordado. Depois que chamei Erin para sair, achei que o clima ficaria completamente estranho e que eu tinha estragado tudo. Mas, felizmente, as coisas andaram. Antes que ela tivesse tempo para responder, Dave voltou com Finn. O assunto mudou, o show continuou, mas no rosto dela eu vi que estava tudo bem. Mesmo se ela dissesse não, as coisas não iriam se alterar. Ela não tinha ficado ofendida.
    Mas ela não disse não. Erin me puxou de lado no momento em que Mase e Luca voltaram, e todos estavam distraídos quando ela sussurrou no meu ouvido que sim, eu poderia levá-la para sair.
    Desde então, só consegui pensar no que faria, para onde iria com ela, o que poderia ser interessante para alguém que já mora em Sidney.
    Criei coragem para me levantar da cama e, no meu caminho para o banheiro, encontrei um bilhete que foi jogado por baixo da porta.

— Quer ir ver se está tudo bem? Eu tomo conta dele — Erin sugeriu.

Dave olhou para nós dois com cuidado, e também ao nosso redor. Depois encarou Erin, estudando-a.

— Tem certeza?

— Os seguranças do evento estão aqui. Se alguém tentar algo, eu enfio o salto da minha bota no olho da pessoa.

Rindo, Dave começou a se afastar.

— Eu gostei dela — gritou, antes de sumir.

— Ai, meu Deus! — Erin berrou quando os primeiros acordes de outra música soaram na guitarra principal. — Este momento é meu! E nada de aquelas vacas aparecerem!

— Que vacas?

— As minhas amigas! Esta hora da noite, e nada de elas surgirem. E esta música é nossa. Aaaah! — gritando, Erin não se parecia em nada com a profissional responsável que vi nos últimos dias.

O que era engraçado, porque a música era mesmo capaz de fazer aquilo com a gente, de liberar algo dentro de nós. Ela começou a cantar a letra com um microfone imaginário. A música foi ficando animada e pulamos juntos, eu tentava cantar também. A canção era um desabafo sobre alguém que foi um filho da puta. E era muito, muito bom xingar uns palavrões para tirar do peito uma mágoa que permanecia ali.

Ao vê-la ali, totalmente entregue, feliz e gostosa naquelas roupas, eu não sei o que me deu. Um senso de urgência se apossou de mim e tive que dizer o que estava no meu peito.

— Pelo amor de Deus, deixa eu te levar para sair?

— O quê? — Não deu para saber se a pergunta era porque ela não entendeu ou porque estava chocada com o absurdo.

— Sair — falei de novo, quase me arrependendo. — Em um encontro.

Erin parou de pular de um lado para o outro e de cantar. Ela só me encarou, seus olhos escuros em uma confusão de sentimentos. Seus lábios abertos pelo choque.

Eu só queria me enfiar no vão debaixo do palco e nunca mais sair de lá.

O ouvido musical de Erin deveria ser muito bom, porque o artista que fomos ver era incrível. Sempre fiquei abismado ao visitar países diferentes e ouvir a produção musical da região. Na maioria das vezes, artistas enormes, altamente talentosos, ficavam presos em uma bolha nacional e nunca estouravam mundialmente. Lembro-me de que, na primeira vez que fomos ao Brasil, a única banda que conhecíamos eram as Lolas, muito por conta da fama internacional que a franquia do programa nos dá. Os vencedores e alguns participantes de cada edição eram convidados para se apresentar em cada país onde o Sing era exibido. Além delas, tínhamos ouvido alguma coisa da Anitta. Nada além disso.

Não vimos as amigas de Erin por muito tempo. Como prometido, dois carros esperavam por nós no estacionamento do hotel às 21h. Nós nos dividimos em dois trios, e Kenan e Dave, nossos seguranças, dirigiram. No meu carro, Luca foi na frente e Mase ao meu lado, o que deixou uma vaga, que foi preenchida no meio do caminho por Erin. Ela se sentou grudada em mim, usando uma calça de couro, aquela blusa cortada da qual não sei o nome, e botas. O cabelo estava solto, afastado do rosto por presilhas. A maquiagem nos olhos era dourada. Mas o perfume... O perfume me atingiu em cheio.

Quase me fez inclinar para mais perto e inalar direto da fonte.

Mas eu fui forte, porque era disso que Ama e Niara falavam. Não ser invasivo. Não cheirar pescoços que não eram o meu, a menos que houvesse consentimento.

No show, Erin conseguiu que ficássemos na frente do palco. Ela ia e vinha o tempo inteiro, falando com todo mundo da produção. Só parou perto de nós quando o show da banda principal começou. Todos estávamos animados, principalmente ela. Era bom vê-la fora do ambiente de trabalho, quase como uma amiga mesmo. Pulamos e cantamos juntos, apesar de eu ter aprendido a letra na hora.

E era engraçado porque em um momento estávamos todos lá, mas no outro ficamos apenas nós dois e Dave.

— Onde estão os outros? — perguntei a ele, em meio a uma música.

— Finn foi atender uma ligação. Os outros foram exercitar a língua.

Ah, claro. Owen e Layla já faziam isso o tempo inteiro, mas Mase e Luca sempre encontravam alguém aonde quer que fossem.

— Kenan está com eles?

— Com os casais. Finn foi sozinho. Está demorando, mas espero que não seja nada.

DEIXA

29

— A segunda opção — assumi.

— Então você está lascado, amigo — definiu Ama. — Presta atenção no papo da preta — começou, trocando a base de apoio. — Vá no seu show. Demonstre interesse pela garota. Deixe-a ver que você gosta dela. É um ambiente fora do trabalho. Se ela quiser, vai corresponder. E não seja invasivo, aja daquele jeitinho que ensinamos você a tratar uma mulher.

— Sim, sim. Nada de ficar em cima se ela não estiver interessada. Não é não.

— Orgulho de mamãe! — Niara gritou, brincando.

Ouvi o barulho da tranca do banheiro e soube que era hora de encerrar a chamada.

— Ok. Demonstrar interesse, não ser invasivo. Mais alguma dica?

— Quem é o seu colega de quarto? — Ama questionou.

— Finn.

Ela fez uma careta. Finnick não era mais um amigo solteiro, o que partiu o coração dela. Por mais que nunca tenha feito nada, Ama gostava de dar em cima dos meus amigos.

— Diga para Mase me ligar. Estou com saudades do mau humor dele. Fora isso, espero que você beije na boca hoje. E que precise expulsar Finn do seu quarto. — Bem nessa hora, ele saiu do banheiro. — Use camisinha!

— É a Ama? — questionou, secando os cabelos. Eu apenas assenti, então ele veio até mim. — Oi, garotas. — Elas o cumprimentaram de volta, mas Finn logo emendou: — Ama, falei para Paula que parti seu coração, e ela pediu desculpas. Disse que vai enviar chocolates para você como forma de se redimir.

— Pois diga a ela que eu quero uma Gucci — falou séria, mas sabíamos que era brincadeira. — E que ela trate bem você, ou eu vou gastar todo o meu salário em uma passagem para o Brasil.

Nós desligamos em seguida e eu entrei no banheiro. Deixei que a água corrente levasse embora os meus medos, o cansaço do trabalho e toda a pressão dos últimos dias, que não me abandonavam de jeito nenhum.

— A mulher que os caras disseram para vocês me perguntarem, a Erin...
Gargalhando, Ama me cortou.

— Ni, você me deve vinte libras.

— Fique quieta, Ama. Ainda não perdi.

— Eu nem vou perguntar qual foi a aposta — respondi, um pouco bravo. Elas faziam isso o tempo todo. — Levem a sério meus problemas afetivos.

— Desembucha, garoto. Não esquece que eu estou de pé no meio do shopping, por você.

— Ela é uma gata, e o trouxa do amigo de vocês está mais do que interessado, mas não dá para saber se estou sentindo tudo sozinho ou não.

— Claro que dá, Noah. Toda mulher deixa sinais — garantiu Niara, sem erguer os olhos do caderno. — A gente já explicou a você milhares de vezes.

— O rei da *friendzone* nunca vê sinal nenhum, Ni. — Ama suspirou. — Noah, não estamos aí para te ajudar. Você já falou com os rapazes? Eles devem enxergar a Erin sem os olhos apaixonados, como você. Podem ajudar.

— Eles ficam zoando com a minha cara, mas Finn disse que eu não perceberia o que está acontecendo nem se Erin escrevesse "eu quero você" na testa.

Ama gargalhou do outro lado.

— Essa é a mais pura verdade — Niara afirmou. — O que você quer com essa garota, Noah? Rala e rola ou sentimento?

A praticidade das minhas amigas sempre me assustou. Homens pensam que mulheres conversam coisas fofas e tal sobre garotos, com olhos apaixonados e lentes cor-de-rosa, mas essas duas me mostraram que não é sempre assim. De vez em quando, uma mulher só quer dar uns pegas. Na maior parte das vezes, pelo menos comigo, ela só está sendo simpática e quer amizade. Nem sempre uma mulher quer um amor para a vida toda. Não dá para generalizar todas elas como carentes, apaixonadas, necessitadas. Isso é só machismo da nossa parte, afinal cada mulher é única.

— Eu sei lá. A gente se conhece há dois dias, como você espera que eu já tenha decidido quantos filhos nós vamos ter?

— Eu não disse isso — Niara garantiu. — Quero saber o que você está sentindo. A gente sempre sabe quando é algo carnal, que dura uma noite e olhe lá, e quando a gente também quer passar mais tempo com a pessoa, saber tudo sobre ela.

Como dizer para as minhas amigas que eu não admiti, mas tinha imaginado exatamente como seriam nossos filhos afro-asiáticos, seus nomes e quais dos cinco idiomas da mãe eles falariam?

— Do que vocês estão falando? — indaguei.

— Ta-tá vendo? E-ele nem deve ter se-se dado conta.

— Eu vou te ofender, Luca. Fale o que é, inferno.

Ele começou a rir, o que atrapalhou completamente a sua fala. Finn me olhou fixamente, ainda debochado, mas explicou:

— Eu te entendo, amigo. Você passou tanto tempo na *friendzone*, que não perceberia o que está acontecendo nem se Erin escrevesse "eu quero você" na testa.

— E o que está acontecendo, caralho? — Perdi a paciência.

— É, amigos… — Owen começou, pesaroso. — É pior do que pensávamos.

— Deixa que ele vai descobrir sozinho — comentou Mase. — Ou não. — Deu de ombros.

Sem paciência para decifrar as mensagens subliminares dos idiotas, peguei as minhas coisas e preparei-me para ir embora. Era por volta das seis quando chegamos ao hotel e fomos direto jantar. Connor estava ocupado o dia inteiro e, por isso, nos deixou em paz com os seguranças. O dia estava mais calmo, graças ao fato de não termos visto sua cara feia. Enquanto comíamos, meus amigos pareciam mais leves. Era o segundo dia de gravação, e, como tudo nessa banda, o que aconteceu na viagem para cá foi esquecido. Não havia tempo para lamentar pelo que não ocorreu.

Minha mente, por outro lado, repassou todas as interações que tive com Erin nos dois dias em que estivemos aqui. Depois do primeiro café, acabamos ficando próximos. Ela era bem-humorada e tratava nós cinco muito bem, o que era ótimo, já que estávamos juntos quase o dia inteiro. Mas, de alguma forma, nós dois tínhamos algo que ela não tinha com os outros. Eu não sabia dizer com precisão o que ou como, nem se era algo que estava acontecendo somente na minha cabeça. Só sabia que Erin me afetava e que eu estava atraído por ela.

Embora eu não fosse fazer absolutamente nada a respeito.

No quarto, depois do jantar, Finn foi o primeiro a usar o chuveiro. Utilizei aquele período para falar com Niara e Ama por videochamada.

— Vocês são mais inteligentes que eu… — comecei.

— Isso é óbvio, não precisava nem ter falado — Niara disse.

Ela estava mergulhada nos livros da faculdade e me xingou por atrapalhar seus estudos. Ama, por outro lado, estava no corredor de um shopping. Sua imagem estava cheia de pixels, porque a internet estava horrível.

— Cale a boca e arrume uma gata para si, babaca.

— Arrumar uma gata para mim pode custar caro, como vimos com nosso amigo Finnick. Melhor pegar alguma australiana no sigilo, porque não vem nenhum processo no meu nome.

— Quero deixar bem claro que não me importo de perder toda a minha grana por aquela mulher — Finn comentou, digitando algo no celular.

— Depois é só ser bancado pela namorada cantora número 1 da Billboard e pronto.

— Vou fingir que não te ouvi, Owen. — Finnick lançou um olhar mortal a ele e se virou para a mulher ao meu lado. — Estou dentro. Como faremos para ir?

— Estejam prontos às 21h. Vou mandar um carro no hotel. Os cinco vão?

Todos concordaram, menos Luca, que dormia em uma das poltronas. Estiquei-me para jogar uma almofada nele, o que fez Erin, infelizmente, se afastar.

— Q-que f-foi? — perguntou, todo assustado. Quando viu que ela estava conosco, arregalou ainda mais os olhos.

— Vamos a um show hoje à noite? Beber e beijar na boca? — Mase perguntou, apoiando-se no ombro de Luca.

Ele apenas assentiu, parecendo um pouco animado. Eu acho incrível como, entre nós cinco, aqueles dois eram os que menos falavam e mais ficavam com outras pessoas.

— Bom, eu vou resolver os ingressos de vocês, então. — Erin apoiou o corpo na minha coxa para se levantar.

— Mande mensagem para o Noah se precisar de algo — Owen sugeriu.

— Eu não... — tentei argumentar, mas ela foi mais rápida:

— Pego o número de vocês com Connor, se for necessário.

— Boa sorte em conseguir arrancar algo dele — reclamou Mase.

Bufando, ele ditou o número do meu celular. Ela puxou o telefone com destreza e digitou a sequência. O aparelho no meu bolso vibrou uma única vez. Peguei de lá para ver que era uma ligação dela.

— Anote. Se precisar de mim, já sabe. — Piscando, ela saiu da sala.

Meus amigos esperaram cinco minutos.

— Vou dormir no sofá do quarto do Luca e do Mase. Pode deixar — disse Finn, brincalhão.

— Com a ve-velocidade desse da-daí, melhor ne-nem se incomodar — zombou Luca.

DEIXA

25

Quinto

If you feel like you need a little bit of company, you met me at the perfect time.
Se você sente que precisa de um pouco de companhia, me conheceu na hora certa.
Levitating - Dua Lipa

8 de janeiro de 2019.
— Ei, coragem! — chamou Erin, parando ao meu lado. Esticou um copo de café na minha direção e levou mais um pouco do meu coração para si.

— Você não me deixa perder a hora, se preocupa comigo e ainda me traz café. Sério, case comigo, mulher — brinquei, tomando um gole em seguida.

— Você quer uma esposa ou uma assistente, Noah? — começou, tocando meu rosto. — Porque minhas qualidades de esposa são diferentes das de assistente. — Erin se sentou ao meu lado, deixando nossas laterais se tocarem.

Pelo amor de Deus, mulher, pegue leve comigo.

— Eu definitivamente trocaria de assistente — Finn falou baixinho. — Mas enfim. Erin, amanhã é nosso dia de folga. Você sugere algo? Porque é provável que a gente durma o dia inteiro, se deixarem por nossa conta.

— Eu tenho uma sugestão para hoje, na verdade. Vou a um show ótimo com algumas amigas, de um artista australiano. Querem ir?

— Sim! — Owen veio gritando do outro lado da sala. — Se Layla ficar mais um dia presa naquele quarto, ela vai me deixar maluco. Quero muito ficar bêbado e dançar com a minha gata.

— Você chama sua namorada de gata? Não tem um nome melhor para a mulher que você ama? — zombou Mase.

Dando uma risadinha, Erin encostou a cabeça no meu ombro.

Você sabe que vamos encobrir qualquer rolo que você tiver, e, se der merda, é só fazer igual o Finn e aguentar o processo nas costas.

— Você ficou maluco, né, cara?

Mase passava boa parte do seu tempo calado, sendo superado apenas por Luca, mas as coisas que saíam da sua boca de vez em quando…

— Estou super de boa, amigo.

Chamaram a nossa atenção e o almoço/reunião começou.

O problema dos meus amigos era que eles simplesmente perdiam a noção da realidade. Erin interessada em mim? Só podiam estar brincando.

Era brincadeira, não era?

— Eu diria que o ser humano em geral é. Mas eu vivi boa parte da minha vida no Brasil, de onde minha mãe veio.

Eita, pera. Brasil?

— Sua mãe é brasileira e seu pai é japonês? — questionei, verdadeiramente confuso.

— Meu passaporte é uma loucura. — Ela riu. — Minha mãe foi passar um tempo no Japão e conheceu meu pai. Eles se apaixonaram. Então, mudaram-se para o Brasil. Passei onze anos da minha vida lá. Depois voltamos ao Japão, mas eles não quiseram ficar na Ásia por muito tempo. Acabamos nos mudando para vários países da Europa em um intervalo de quatro anos. Aí viemos parar aqui na Austrália, onde terminei o ensino médio. Meus pais foram embora, mas fiquei para a faculdade.

— Uau — foi o que consegui dizer.

— Não recomendo. É muito difícil fazer amizades e sobreviver aos anos de escola com uma mãe superprotetora e zero raízes nos diferentes lugares.

— E ainda tem o idioma, né? Não deve ter sido fácil.

— Ah, sim. — Ela riu outra vez. — Eu falo cinco: português, japonês, inglês, espanhol e um pouquinho de francês.

Puta que pariu. Linda, inteligente, simpática, carinhosa, boa em seu trabalho, sagaz, decidida E POLIGLOTA!

— Eu não tenho nem roupa para conversar com você.

Um alarme despertou no celular dela, o que quebrou totalmente a conversa. Era o horário de nos prepararmos para o almoço. Ela pediu que eu me direcionasse à mesma sala onde nos encontramos mais cedo, em que um bufê foi montado para nós. Durante o almoço, Mase acabou se sentando ao meu lado. Havia bastante gente da equipe, e Erin queria falar de algumas das coisas que teriam sido resolvidas nas duas horas de folga que recebemos. Mesmo assim, ele conseguiu um momento para pegar no meu pé.

— Ei, chamou a garota para sair?

Lancei meu olhar mortal para ele.

— Claro que não. E eu vi o que você fez naquela hora. Você é um babaca.

— Além de tudo é burro. Fiquei uma meia hora de longe, vendo vocês conversarem. Mano, ela está muito interessada. Deixe de ser lento e convide-a para um jantar na sua suíte. Finn pode dormir no tapete da nossa.

— Ah, sai daqui — desdenhei, querendo que Mase sumisse. Ele não podia estar insinuando que eu babava por Erin.

— O relacionamento de vocês é bom, né? — ela questionou, após acenar para ele.

— Sim, eles são meus melhores amigos. Tenho mais duas que cresceram comigo, mas nós cinco convivemos diariamente.

— É bom quando a relação é assim. Algumas das bandas que conheci tinham relacionamentos estranhos, umas só se encontravam de fato na hora de subir no palco. Vocês parecem mesmo se dar bem.

— Não tem sido fácil. — Suspirei. — A vida nessa indústria é uma loucura, você sabe disso. Nós temos um pacto.

— Devo perguntar qual é?

— Ah, de mantermos a amizade, de nos preocuparmos um com o outro. Estarmos unidos é mais importante do que ganhar dinheiro, para nós.

— Vocês eram amigos assim antes de a banda surgir?

— Não. — Dei uma risadinha, pensando em como foi o nosso começo. — Owen e eu fizemos audição para o programa, éramos uma dupla. Mas os jurados colocaram os outros rapazes no grupo, acharam que faria mais sentido.

— E fez?

— Bem mais. Nós nos tornamos um grupo bem melhor. E por muitos anos eu fui alguém de poucos amigos, só tinha Niara, Ama e Owen na minha vida. Ficou bem mais fácil quando Luca, Mase e Finn se juntaram a nós.

— Desculpe a ignorância, mas Niara e Ama são mulheres? — Ela parecia curiosa.

— Sim. — Ri e cocei a nuca. — Nós éramos as três únicas pessoas negras do jardim de infância. Sofremos muito racismo por conta dos cabelos, principalmente. Nossos pais acabaram se unindo e nos fizeram estudar nas mesmas escolas, ao longo do tempo. Eu estava um ano acima das duas, mas conseguimos nos proteger. Apesar de tentarmos fazer outros amigos, sempre tínhamos na nossa amizade um ponto de apoio.

— Eu entendo, é bom ter alguém que se pareça com você nesses espaços. A herança japonesa foi uma questão, diversas vezes ao longo da minha vida.

— Os australianos são muito preconceituosos? — perguntei, supondo que ela já vivesse aqui há um tempo.

DEIXA

21

um café, porque ele sempre me deixa melhor.

— Ai, concordo plenamente. Eu beberia café o dia inteiro, todos os dias.

— Mais cedo eu não consegui, mas queria agradecer por ter pensado em nós. Eu não consegui dormir, porém sei que os caras vão aproveitar bastante esse tempo de descanso. Finn parece melhor também, depois de falar com a namorada.

Ela me deu um sorriso gentil.

— Depois do que vocês passaram, é sempre bom conversar com quem a gente ama. Ajuda a acalmar os corações.

— Podemos não falar dessa situação do avião? — perguntei, um pouco inseguro. — Minha mente está dando voltas.

— Claro. Desculpe a insistência.

— Conte sobre o programa. Das outras vezes que estivemos aqui, foi muito rápido, apenas para uma apresentação. Nunca participamos assim.

— Você já esteve lá, então sabe bem. Essa é a fase em que um artista de fora dá aconselhamento aos participantes. Nessa temporada, trouxemos vocês, e vamos trazer as Lolas na semana seguinte. São as duas maiores bandas reveladas pela franquia. É uma surpresa para os concorrentes, então vai ser engraçado.

— E como eles estão? Já conseguiu assisti-los?

— Não muitos. Eu faço mais esse trabalho externo, com artistas de fora, do que acompanhando as gravações no dia a dia. Mas eu ouvi essa garota, Karlie alguma coisa, que nossa… Ela está pronta. Quando começou a cantar, ninguém ousou sequer respirar. Era muito talento. Espero que o público goste.

Só ouvir sua voz já me tranquilizava, e foi bom ter aquela conversa, por motivos agridoces. *Doce*, porque me fez bem; *agri*, porque me fez perceber que ela era demais para mim. Linda, inteligente, simpática, carinhosa, boa em seu trabalho, sagaz, decidida… Eu poderia passar dias elogiando Erin. Por experiência, mulheres como ela não se interessavam por mim. O fato de ela ser quatro anos mais velha apenas sacramentou isso.

Senti um tapa na minha nuca e saltei no lugar, vendo Mase passar por mim.

— Qual o seu problema, idiota?

Rindo, ele se virou e disse:

— Queria ver se você estava esperto. Acorda, cara. Anda dormindo tanto que tem uma baba escorrendo da boca. Oi, Erin.

uma bomba no avião. Ainda não parei para ver as notícias, saber se era verdade, estou trabalhando. Mas vocês sabem como é a equipe aqui. Eles querem que continuemos focados nas coisas, então não tivemos muito tempo para pensar em nada. Honestamente, só queria dormir um pouco, acontece que Finn não cala a boca. Enfim, de qualquer jeito, eu estou bem. Não aconteceu nada conosco, só o susto. Se minha mãe ligar, tranquilizem-na, por favor. Falo com vocês assim que puder.

Depois da mensagem, fiquei de pé e vesti minhas roupas novamente. Não poderia dormir, então fui atrás de um café. Um áudio de Ama chegou antes que eu colocasse a mão na maçaneta.

— Ótimo. Estávamos preocupadas, mas, se você está bem, Owen mandou a gente te perguntar sobre uma tal de Erin.

Aquele desgraçado.

— Erin é uma gata que trabalha para o programa que viemos gravar — comecei o áudio. — Ela está cuidando dos nossos horários. E essa é a única vez que vou falar dela, então não me encham a paciência.

Guardei o celular no bolso e fui para o elevador. No painel, havia um símbolo de café no sexto andar, então fui até lá. Logo que abri a porta, vi a mulher em quem eu não parava de pensar. Ela estava sentada, tomando café e concentrada no tablet à sua frente. O aparelho, o mesmo que Erin usava mais cedo, tinha um teclado conectado, onde ela digitava freneticamente. Tentei passar despercebido ao pedir um café e buscar uma mesa no canto, mas a única disponível era na direção em que Erin estava. Ela me viu quando eu estava a alguns metros de distância e sorriu, acenando para que eu me aproximasse.

— Está tudo bem, Noah? — perguntou, serena.

— Sim. Só quis pegar um café.

— Fique à vontade, se quiser se sentar. Imagino que seus amigos estejam dormindo.

— Não quero interromper seu trabalho.

— Não é nada urgente, pode esperar.

Sentei-me, sem saber como negar.

— Se eu estiver atrapalhando, pode dizer que eu saio.

— Não está. Mas imaginei que aproveitaria as duas horas para dormir quanto pudesse.

— Eu queria. — Suspirei. — Mas Finn estava conversando com a namorada ao telefone, e minha cabeça ficou viajando. Achei melhor vir pegar

Quarto

You're just too good to be true, can't take my eyes off you. You'd be like heaven to touch, I wanna hold you so much.
Você é boa demais para ser verdade, não consigo tirar os olhos de você. Te tocar seria como tocar o céu, quero tanto te abraçar.
Can't Take My Eyes Off You - Frankie Valli

7 de janeiro de 2019.

    Planos de paz e descanso foram pelos ares. Infelizmente, Finn não calou a boca por cinco minutos. E eu, que já estava com dificuldades para dormir, com todas as coisas sendo repassadas na minha cabeça, fiquei acordado ouvindo. Puxei o celular e vi algumas mensagens da minha família e dos amigos. Respondi à minha mãe dizendo que estava bem, para ela não se preocupar, mas decidi gravar um áudio para o grupo das minhas amigas.

    Além da banda, Niara e Ama — apelido de Amamkele — eram minhas melhores amigas desde a infância. As pessoas sempre estranharam o fato de o nosso grupo ser formado por duas garotas e um garoto, mas isso foi bom para todos nós. Passamos por muita, muita coisa, mas certamente ter as duas comigo na escola me tornou alguém melhor e me ajudou a me entender como homem e negro; para que eu soubesse como a sociedade me vê, como vê a mulher negra, mas também para ter a compreensão de que não éramos apenas aquilo; que eu tinha potencial para mais. As duas, como eu, são negras. Niara é do Quênia e veio morar na nossa vizinhança aos sete anos. Ama e eu nascemos na Inglaterra, mas nossos pais vieram da África do Sul.

    O único branco no nosso meio era Owen. Ele não era tão amigo das duas quanto eu, mas esteve conosco em muitos momentos.

— Olha, eu não sei o que está rolando, mas o segurança disse que havia

— Entendo que Connor queira que o tempo de vocês seja bem aproveitado enquanto estão aqui, mas senti que precisavam de uma pausa. A conversa que tive com Layla foi um pouco preocupante, ela parecia muito nervosa. Mas vocês ficarão por tempo suficiente e podemos organizar as coisas. Por exemplo, essas duas horas seriam ocupadas, mas vou realocar o compromisso. Se você ou qualquer um dos garotos precisar de um intervalo, podem falar direto comigo. — Ela fez uma pausa, mexendo-se e olhando fundo nos meus olhos. — O que aconteceu no avião foi sério e não deve ser diminuído. É uma situação que pode ser traumática. Tire esse tempo para descansar e avise aos seus colegas de banda que estou aqui para ajudar no que puder.

— O-obrigado. — Subitamente, tive problemas de fala, como Luca. Pigarreei antes de continuar: — Precisávamos de uma pausa, depois de trinta horas viajando. Essas duas horas serão valiosas para nós e vou dar o recado aos garotos.

Esperava que ela pudesse entender o que eu disse e o que eu não disse. Apesar de querer, eu nunca diria em voz alta que nosso assistente não dava a mínima para nós.

Com um sorriso gentil, ela esticou a mão e apertou de leve o meu braço.

— Vá descansar. Seja bem-vindo à Austrália.

Sem querer dar as costas a ela, mas sabendo que precisava, agradeci e saí da sala. No andar de cima, Finn conversava ao telefone com Paula, na varanda. Sabendo que tinha pouco tempo, tirei os sapatos, a calça e a camisa, e entrei nas cobertas. Só queria descansar. Só queria um pouco de paz.

nossa alma. Quando chegou em mim, uma timidez que eu nunca tinha sentido me abateu, mas só desviei o olhar por um mísero segundo. Se ela podia nos estudar, eu também podia. Observei seus traços, sua pele aparentemente macia, seus lábios cativantes, seu cabelo colorido. Erin se abaixou para pegar o tablet em uma cadeira e mexeu nele por alguns segundos. Depois, virou-se para nós.

— Tudo bem, rapazes. Nós preparamos um cronograma para todos vocês. Se quiserem, posso enviá-lo para que acompanhem, mas saibam que qualquer agenda está sujeita a mudanças — enfatizou a última frase de forma que só entendi mais tarde. — Dito isso, teremos um encontro rápido com a equipe do programa, para orientações gerais sobre a rotina de gravações. Deve levar entre trinta minutos e uma hora. Após o compromisso, vocês terão um intervalo de duas horas para descanso. Em seguida, teremos o almoço e uma ida ao estúdio. Durante a refeição, repassarei os próximos compromissos. Podemos começar?

Sem objeções, nos sentamos ao redor da mesa e fizemos nosso trabalho.

No fim da reunião, fui até o banheiro da sala e passei alguns minutos lá, tentando me recompor. Tinha perdido boa parte das informações, porque fiquei feito um tonto encarando Erin. Ela era muito bonita, bastante inteligente e tinha uma voz doce que fazia coisas em mim. Odiava esse meu lado meio trouxão, que surgia quando ficava a fim de alguém, mas não havia nada que eu pudesse fazer. Só torcer para não me fazer de bobo na frente dela.

Quando saí do banheiro, a sala já estava vazia, exceto pela dona dos meus pensamentos. Lancei a ela um pequeno sorriso e me direcionei à saída, mas Erin veio na minha direção.

— Noah, posso falar com você por um momento? — pediu, ficando a uma distância segura.

— Claro... — E eu lá saberia negar?

Mas o fato de ela ser a futura mãe dos meus filhos se concretizaria apenas na minha mente. Eu nunca daria em cima de alguém que está trabalhando conosco, ainda mais tendo um contrato infernal de não namorar.

E, honestamente, eu preferia esperar Finn resolver a situação contratual dele antes de me envolver com alguém. Só assim para saber quanto entregar meu coração custaria para meu saldo bancário.

Quando as portas do elevador se abriram, Connor estava lá parado.

— Vinte minutos. Finn e Noah, Luca e Mase, Owen e a garota. — Ao falar os nomes, entregou as chaves dos quartos.

— Alguma previsão das nossas malas? — Finn questionou.

— Ainda estão enviando para cá. Aviso quando chegarem. Agora andem, vinte minutos. — Dando as costas para nós, Connor entrou no elevador onde estávamos e saiu.

Sem tempo a perder, caminhamos para os quartos. O nosso era grande, felizmente. Passaríamos tanto tempo por aqui, que ficar confinado com qualquer um dos meus colegas seria um pesadelo. Ter espaço para nós dois era bom.

— Quer tomar banho primeiro? Vou ligar para a Paula — Finn sugeriu, assim que fechamos a porta atrás de nós.

— Pode ser. Não vou demorar.

Nem era possível perder tempo. Só tínhamos vinte minutos e, depois de uma rápida chuveirada, vesti uma blusa e jeans, e assaltei o frigobar. Ficamos prontos bem quando Connor passou batendo nas portas. Saímos em duplas, exceto Owen, que veio sozinho. Ao descermos, nosso assistente ficou fora da sala para onde deveríamos ir, resolvendo pendências. Do lado de dentro, poucas pessoas aguardavam, mas meu olhar buscou Erin, que conversava com Layla. Chorando, a namorada de Owen foi abraçada por ela. Seu rosto preocupado era indicativo de alguma notícia não muito boa.

— Amor, o que aconteceu? — Owen se apressou até Layla, que foi dos braços de Erin para o do namorado.

— Ela estava me contando o que aconteceu no voo de vocês. Eu sinto muito. Estão todos bem? Precisam tirar algum tempo para descansar?

Todos nós suspiramos. Sim, descansar seria bom.

— De jeito nenhum. — Connor brotou, parecendo irritado. — Não temos tempo a perder. Não aconteceu nada no voo, nós pousamos em segurança e chegamos bem. Os garotos estão prontos para trabalhar.

Ela olhou para cada um de nós por tempo suficiente para examinar

Terceiro

I know you haven't made your mind up yet, but I would never do you wrong. I've known it from the moment that we met. No doubt in my mind where you belong.
Sei que ainda não tomou uma decisão, mas eu nunca faria nada de errado com você. Soube disso no momento em que nos conhecemos. Não há dúvidas na minha mente de onde você pertence.
Make you feel my love - Adele

7 de janeiro de 2019.
— Aqui. — Luca pegou um guardanapo em uma mesa no corredor e o entregou para mim quando entramos no elevador.
— Para quê?
— Li-limpar a baba que está escorrendo da sua bo-boca.
Os outros três traíras que eu chamava de amigos caíram no riso, junto com ele, assim que a porta se fechou.
— Vocês não têm muito o que fazer mesmo, né? Nem parece que estão viajando há trinta horas.
— Podemos pedir para a Erin subir lá no seu quarto e te fazer uma massagem, ajudar você a relaxar da longa viagem — sugeriu Owen, em tom de brincadeira.
— Cale a boca e respeite a profissional.
Eles riram, mas não tocaram mais no assunto.
Sim, Erin era a mulher mais linda que eu já tinha visto. Pelo sobrenome, era fácil perceber sua origem asiática, apesar de eu não saber exatamente de onde ela era. Mas seus traços também eram característicos, apesar do cabelo preto ter pontas rosa-escuras. O sorriso caloroso me impressionou, e os lábios pintados no mesmo tom do cabelo me chamaram.

vazia, e Kenan conseguiu controlar a porta enquanto eu passava mal; Finn chorava copiosamente, e Luca tentava se acalmar. Apenas Mase ficou calmo, abraçando Finn, mas eu sabia que por dentro ele não estava tão bem assim. Owen ficou lá fora com Layla, os dois dando força um ao outro.

Quando Connor entrou no banheiro e viu a cena, olhou-nos com desgosto e avisou que nosso voo sairia em uma hora. Disse para nos recompormos, pois precisávamos embarcar. Agi no piloto automático, lavando o rosto, pegando a mala e caminhando até o portão.

O voo até Sidney foi solitário, porque cada um de nós estava perdido em pensamentos. Finn estava ao meu lado de novo, mas dormiu por quase todo o trajeto. Eu não conseguia fechar os olhos, então alternei entre escrever versos no caderno, ouvir música e assistir aos filmes disponíveis. Não consegui comer, não consegui descansar.

Foram as quinze horas mais longas da minha vida.

Agradeci por haver poucas pessoas no aeroporto nos esperando, mas não demos tanta sorte na porta do hotel. Eu só queria dormir, descansar, ficar na minha e esquecer as últimas horas, mas Connor nos obrigou a atender cada um dos fãs que nos esperavam ali. O normal era tirarmos algumas fotos, assinarmos umas coisas, e em cinco minutos ele nos colocava para dentro. Não foi o caso dessa vez.

Ele só se deu por satisfeito depois de atendermos cada um dos quase setenta fãs na porta do hotel. Eu contei. Estava exausto quando pisei no saguão, mas a visão dela me trouxe de volta à realidade.

— Olá, sejam bem-vindos à Austrália. Meu nome é Erin Agatsuma. Sou representante do Sing, Australia e vou cuidar da passagem de vocês por aqui.

Erin Agatsuma. Mais conhecida como a futura mãe dos meus filhos.

— Nós vamos embarcar agora, andem — Connor chegou, intempestivo. — Cancelem os pedidos.

— Nós não pedimos nada — Owen avisou.

— Ótimo. Peguem as bolsas, vamos andando. Onde está o Finn? E o segurança?

— Finn está no telefone, bem ali. — Apontei para a esquerda, onde nosso amigo estava sentado com a cabeça entre as mãos. — Dave foi lá para fora também.

— Portão 18. Já estamos embarcando. Andem. Não temos tempo a perder. — Connor olhou para mim e viu que havia lágrimas no meu rosto. — O que está acontecendo, caralho? Virou mocinha agora? Precisa de um absorvente? Enxugue esse rosto. Onde já se viu homem chorar?

— Connor, pega leve. Ele ouviu... — Mase começou.

— Não quero saber o que ele ouviu. Chega de papo. O avião não vai ficar nos esperando.

Engoli o choro, abaixei a cabeça e segui o caminho que Connor indicou. Finn se juntou a nós, mas Dave foi o último passageiro a embarcar. O segurança não falou nada, porém nem foi preciso. A forma como me encarou e acenou com a cabeça me fez acreditar que, sim, tínhamos escapado de alguma coisa.

Cinco horas e trinta minutos depois, pousamos no Aeroporto Internacional de Los Angeles. Nossa passagem por lá foi curta, mas houve tempo suficiente para vermos, em todas as telas possíveis, uma imagem que ficou gravada em minha memória: as nossas bagagens do lado de fora, sendo inspecionadas, enquanto a repórter anunciava que uma bomba havia sido encontrada e estava pronta para ser detonada quarenta e dois minutos após nosso pouso forçado.

Meu estômago não aguentou a notícia e tive que correr para vomitar no banheiro. Por sorte, a área onde nos encontrávamos estava absurdamente

Pelo amor de Deus, dutos lacrimais, em público não.

— O-o que está aconte-tecendo com vocês?

— Deixa pra lá, Luca — pediu Finn.

— Mas está acontecendo alguma coisa? — Owen perguntou. — Parece que os dois viram fantasmas.

— Eu vi os nossos fantasmas — Finn falou, a voz trêmula. Eu nem tentaria pronunciar nada. — Vi os próximos anos passarem na minha frente e eu não estava lá. Lola crescendo, Paula se apaixonando, minha mãe desolada, nossos fãs lotando um estádio no nosso funeral...

— Tudo isso porque tivemos que pousar antes? Não é meio extremo? — Mase questionou, ainda sonolento.

— Seria, se eu não tivesse ouvido o que ouvi — comentei, antes que pudesse parar minha língua.

As imagens se formaram na minha cabeça, e a lágrima caiu. Não só uma, mas várias. E eu tentei, como pude, esconder das pessoas.

— Foda-se, vou ligar pra Paula. Já volto. — Finn se levantou e foi para longe de nós.

— O q-que você ouvi-viu?

— Fui na cozinha buscar água para o Finn, e os comissários estavam falando algo sobre um código 7700, que significa perigo grave e iminente. Os dois estavam com muito medo de morrer. Eu não sei o que isso significa, mas...

— O 7700 é um código para isso aí, perigo grave e iminente. É uma senha para um pedido de ajuda — explicou Kenan, um dos seguranças. — Eles falaram mais alguma coisa, Noah?

— Não, só me lembro disso e de dizerem que estavam investigando, que recebiam ameaças o tempo inteiro. Eu não entendi, mas sei lá... Pensei logo em uma bomba ou algo do tipo.

— Bomba é uma das possibilidades — comentou o outro segurança, Dave. — Fique com eles, Kenan, que vou fazer uma ligação. — Levantando-se, saiu do restaurante com o celular na mão.

— Então quer dizer que estivemos perto de explodir pelos ares?

— Owen! — reclamou Layla, batendo em seu peito. — Não pense nesse tipo de coisa.

— Eu pensei — pausei, pois minha voz tremeu e minha garganta se fechou. — Pensei muito nessa possibilidade. Foi horrível.

— Calma, cara. — Luca apertou meu ombro. — Nós pousamos. Estamos bem.

DEIXA

11

Segundo

Said to follow any dream, be a puppet on a string. Works for you but that isn't me.
Disse para seguir qualquer sonho, ser um fantoche preso em cordas. Pode funcionar para você, mas esse não sou eu.
Not a pop song - Little Mix

6 de janeiro de 2019.

Mais uma vez, nós sobrevivemos. Realmente, algumas coisas não têm explicação.

Pousamos no aeroporto de Newark dezoito minutos depois do aviso sonoro. Tentando nos manter calmos, a equipe de bordo nos fez sair pelas portas da frente e de trás. Conforme entrávamos nos ônibus, vimos nossas malas serem colocadas na pista. Mase estava grogue, morrendo completamente de sono. Luca o puxava de um lado para o outro, e só assim para conseguirmos sair dali. Avisaram que seríamos alocados em outro voo dali a três horas, que seguiria para a Califórnia e depois para a Austrália. Lugarzinho longe da porra.

Meio em choque e sem pensar em nada, fomos levados até um restaurante. Connor nos deixou lá com dois seguranças, que nos acompanhavam, e sumiu depois de dizer:

— Comam alguma coisa. Vou ver se consigo adiantar essa droga de voo.

Nós ficamos lá, parados ao redor da mesa. Owen, Layla, Luca e Mase não sabiam das coisas que Finn e eu sabíamos. Ninguém sabia. Jogando-se na cadeira, vi Finnick suspirar de alívio. Eu, por outro lado, estava com as mãos tremendo. Sentei-me ao lado dele e escondi a mão no rosto. Senti lágrimas se formando por trás dos meus olhos e achei que eu não conseguiria evitar.

Nós vamos morrer se não fizerem alguma coisa.

— Eu sei, eu sei. — Ela fungou. — Mas entrar em desespero é pior. Sabemos disso.

Os dois se abraçaram. Eu não queria ser pego espiando, então resolvi chamar a atenção. Bati na lateral para fazer barulho. Eles se separaram rapidamente. Usei meus talentos de atuação.

— Olá! Vocês poderiam me arrumar um pouco de água?

— Claro. Só um segundo — pediu a funcionária. Ela abriu uma das portas de metal e tirou um copo fechado, estendendo-me.

— Obrigado. — Dei as costas para me afastar, mas não consegui. Precisei perguntar: — Está tudo bem, não está?

Eles me olharam, mas sabiam que eu tinha ouvido. Não havia dúvidas de que eu os ouvira. Composto novamente, o comissário me garantiu:

— Vai ficar.

Voltei ao meu lugar sem saber o que fazer. Entreguei o copo para Finn e gastei o maior tempo possível para me sentar. Depois de beber todo o líquido, ele me encarou de forma estranha e não segurou a língua:

— Mano, aconteceu alguma coisa? Você ficou mais branco que eu, do nada.

Algo geneticamente impossível, graças ao tom escuro da minha pele, mas eu entendi o que ele quis dizer. Puxei o celular do bolso, abri o bloco de notas e digitei um texto dizendo o que havia acontecido na cozinha.

Finn ficou ainda mais branco do que já era, ao ler.

— O que isso quer dizer? — sussurrou, inclinando-se para perto de mim. — Eu finalmente tenho uma namorada, caralho. E uma garotinha que eu amo como se fosse minha. Não vou morrer agora.

— E você acha que eu quero partir? Tá doido! A gente sobreviveu a um incêndio, não quero morrer em um avião.

Um alerta sonoro soou e nós dois nos posicionamos corretamente nas cadeiras.

— Senhoras e senhores, aqui é o seu piloto, Alan Heyes. Será necessário aterrissar esta aeronave no aeroporto de Nova Iorque. Não se preocupem, a situação está sob controle. Equipe, vamos começar o procedimento de pouso.

É claro que, contrariando as ordens recebidas, Connor ficou de pé, questionando aos comissários o que estava acontecendo e exigindo respostas.

Eu, na verdade, estava sentado, com o cinto bem preso, e totalmente apavorado. Diferentemente de todas as outras pessoas no voo, um número específico não saía da minha cabeça.

7700. Perigo grave e iminente.

Apesar de me incomodar um pouco, tentei abstrair. Há anos que nós cinco somos amigos e nos entendemos bem. Termos de lidar com os desafios dessa carreira nos uniu. Mesmo com opiniões diferentes, buscávamos sempre apoiar um ao outro.

Quando chamaram nosso voo, não fiz força para me levantar. Entrávamos na prioridade, mas Connor estava com nossos documentos, e minha única preocupação era andar em linha reta, mesmo com sono. Viajaríamos até Los Angeles, depois direto para a Austrália. Eu odiava voos longos como esse, mas não havia nada que eu pudesse fazer.

Ao meu lado no avião colocaram Finn. Para alguém que passou anos sem se interessar por mulher nenhuma, o cara tinha sido fisgado. Paula o pegou de jeito. A intensa troca de mensagens parou quando decolamos, o que o fez voltar sua atenção para mim. Owen e Layla estavam muito ocupados na minha frente, e Luca roncava no banco de trás. Mase fingiu que não estava acontecendo nada. Felizmente, o humor do meu companheiro de assento estava bom o suficiente para nós dois, e ele ficou no meu ouvido durante as cinco primeiras horas.

Com exatas cinco horas e quarenta e oito minutos, uma comissária de bordo passou por nós, parecendo nervosa. Finn tentou pará-la e pedir água, mas ela nem sequer ouviu.

— Fica aí. Eu vou ao banheiro e, na volta, peço sua água lá na cozinha. — Desafivelei o cinto e passei pelo corredor sem pressa.

Um comissário veio atrás de mim e também parecia apressado, mas só havia espaço para um no corredor. Quando entrei na porta do reservado, ele passou batido por mim.

Olhando-me no espelho, depois do xixi, percebi que tinha amassado meus cachos por causa do bendito encosto de cabeça. Por sorte, a parte de trás dos meus cabelos era cortada bem baixinha, deixando o volume apenas em cima. Nem me importei de arrumar, porque haveria muitas e muitas horas de voo pela frente.

Saí do banheiro e dei alguns passos até a cozinha. Ainda do corredor, pude ouvir a voz de um homem, parecendo nervoso.

— Eu não quero morrer nessa porra!

Sem fazer barulho, fui me aproximando. Eram os dois comissários que passaram por nós antes de eu ir ao banheiro.

— Nem eu! — a mulher respondeu. — Mas precisamos nos acalmar. Ainda estão investigando. Recebemos esse tipo de ameaça o tempo inteiro.

— Não tem o que investigar! É 7700! Perigo grave e iminente.

Indicado pela namorada dele, Finn tinha contratado um advogado que estava traçando um plano em que eu só enxergava uma saída, mas não nos precipitaríamos. O tempo iria resolver toda aquela confusão.

Eu entendia muito bem o fato de meu amigo querer lutar pelo amor. Não fui celibatário em todos esses anos de banda, mas era quase impossível manter um relacionamento. Primeiro, porque não queríamos irritar a equipe. Segundo, porque tudo precisava ser escondido. Já era difícil esconder dos fãs, pior ainda era não demonstrar para quem trabalha conosco diariamente.

Meus relacionamentos até aqui tinham sido puramente físicos. E depois de um ou dois encontros, no máximo, eu era colocado na categoria de amigo, a famosa *friendzone*. Eu me forçava a acreditar que isso acontecia por eu não conseguir dar a atenção devida e ter de desmarcar compromissos o tempo inteiro. Era melhor pensar assim do que nas outras possibilidades.

Apesar de estar cansado, o período dentro da van foi mais curto do que pensei. Fizemos todos os procedimentos de aeroporto com tranquilidade. Chegamos ao portão com quarenta e dois minutos para o início do embarque. Sentei-me o mais distante possível, querendo um pouco de paz. Que não durou vinte minutos.

— O que está acontecendo com você? — Finn questionou, sentando-se ao meu lado e digitando algo no celular.

— Não tem nada acontecendo.

— E por que se isolou de todo mundo? — Colocando o telefone no bolso, virou-se para mim.

— Sono. Quero dormir. — Puxei o boné para cima do rosto, mas o ferrinho dos meus óculos começou a incomodar. Fiquei sentindo a dorzinha irritante apenas para não tirar o boné da cara.

— Conta outra. Vamos ter milhares de horas nesse voo para você dormir. O fato de não estar grudado no Owen, enchendo o saco de todo mundo, só me diz que algo estranho está se passando aí nessa cabeça.

Suspirei, porque não queria falar disso.

— É alguma coisa sim, mano, mas não quero ficar pensando. Deixa. Quero esquecer.

— Dá um *match* aí nesse aplicativo e encontra uma australiana gata. Eu dou cobertura.

— Ninguém me quer nesse aplicativo, irmão.

— Você está usando errado. Deixa eu ver esse perfil.

Passamos um tempo em que Finnick zoava com a minha cara, alterando fotos e textos do meu perfil.

— Você sabe o que é. Agora devolve.

— Pô, Noah. Esse negócio de aplicativo de novo?

— Nem todo mundo tem permissão de ter namorada fixa nessa banda — resmunguei.

— Vai sem permissão mesmo. Olha o Finnick. — Bateu em meu braço, apontando para o nosso amigo, que sorria para o telefone. — Não tira essa cara de bobão do rosto, mesmo com um processo milionário nas costas.

— Qual é o a-a-assunto? — questionou Luca, sentando-se ao meu lado.

— Noah quer uma namorada.

— Noah quer uma namorada? — indagou Mase, tomando o lugar na nossa frente. — Achei que ele ainda era BV.

— Haha. Que engraçado. Essa piada de novo?

— Se eu não vi, não aconteceu — retrucou Owen.

— Nunca vi você transar e não estou dizendo aos quatro cantos que você é virgem.

— Em respeito à minha namorada, não posso produzir provas disso, mas pergunte a ela.

Sentada em um canto da van, Layla apenas nos direcionou um olhar, porém não falou nada. A garota já andava conosco há tantos anos que nem sequer questionava nossas brincadeiras idiotas.

— Do que vocês estão falando? — Finn perguntou, guardando o celular no bolso e se sentando ao lado de Owen.

— Do fato de Noah nunca ter beijado na boca — Owen disse, ao mesmo tempo que eu soltei:

— Da vida sexual do Owen.

— Bom vocês falarem disso — Finn começou, piscando para a mulher que já nem nos dava atenção. — Perguntei um dia desses para Layla e ela pediu para te falar um negócio…

— Só porque você e sua namorada vivem a quilômetros de distância… — Owen levantou a voz, mas não conseguiu concluir.

— Atenção, equipe. Vamos parar com a brincadeirinha idiota. Já que todos estão aqui, vamos passar a nossa agenda. — Connor fechou a porta da van e se encostou no banco da frente, observando o próprio tablet.

Ele deu as orientações de todo o primeiro dia, informando quais seriam nossos passos. Estava irritado desde que retornamos das férias, sendo grosseiro e rude com Finn em todas as oportunidades. Não que fosse algo diferente do normal, mas se tornou mais frequente e direcionado. Antes, Connor apenas distribuía sua falta de educação entre nós de forma aleatória.

Primeiro

I'm sippin' wine in a robe. I look too good to be alone. My house clean, my pool warm, just shaved (Smooth like a newborn). We should be dancing, romancing, in the east wing and the west wing of this mansion, what's happenin'?

Estou bebendo vinho em um roupão. Estou bonito demais para ficar sozinho. Minha casa está limpa, a piscina está quente, acabei de me barbear (lisinho como um bebê). Deveríamos estar dançando, namorando, na ala leste e oeste desta mansão, o que está acontecendo?

Leave the door open - Bruno Mars

Madrugada de 6 de janeiro de 2019.
Desliza para a direita.
Desliza para a esquerda.
Desliza para a direita três vezes seguidas.

Metade do tempo que eu passava naquele aplicativo de relacionamento para celebridades era em vão. Ok, não totalmente em vão. Já tinha conseguido uma parceria para a Age 17, minha banda, em uma delas.

Mas era muito, muito raro algo surgir dali. E essa história de rejeição vinha de bem antes.

A outra metade que não era em vão poderia ser resumida em algum tipo de diversão. Era divertido observar as fotos das pessoas, as biografias bem-humoradas, e encontrar algumas famosas que nunca esperei um dia ver em um aplicativo de namoro.

— Ei, que gata — Owen comentou, debruçando-se sobre meu ombro. Estávamos só nós dois na van, aguardando nossa vez. — Espera. Não é o Instagram. Essa não é aquela garota do filme da Marvel?

Suspirei, sabendo que ele encheria o meu saco. Tentei guardar o celular, mas não tive tempo. Ele o pegou da minha mão.

Direção Editorial:	**Preparação de texto:**
Anastacia Cabo	Fernanda C. F de Jesus
Gerente Editorial:	**Revisão final:**
Solange Arten	Equipe The Gift Box
Ilustração:	**Arte de Capa e diagramação:**
Thalissa (Ghostalie)	Carol Dias

Copyright © Carol Dias, 2022
Copyright © The Gift Box, 2022

Todos os direitos reservados.
Nenhuma parte do conteúdo desse livro poderá ser reproduzida em qualquer meio ou forma – impresso, digital, áudio ou visual – sem a expressa autorização da editora sob penas criminais e ações civis.
Esta é uma obra de ficção. Nomes, personagens, lugares e acontecimentos descritos são produtos da imaginação da autora. Qualquer semelhança com nomes, datas ou acontecimentos reais é mera coincidência.

Este livro segue as regras da Nova Ortografia da Língua Portuguesa.

CIP-BRASIL. CATALOGAÇÃO NA PUBLICAÇÃO
SINDICATO NACIONAL DOS EDITORES DE LIVROS, RJ
Gabriela Faray Ferreira Lopes - Bibliotecária - CRB-7/6643

```
D531d

Dias, Carol
    Deixa ; Ninguém vai saber / Carol Dias. - 1. ed. - Rio de
Janeiro : The Gift Box, 2022.
    168 p.

    ISBN 978-65-5636-161-1

    1. Romance brasileiro. I. Título: Deixa. II. Título: Ninguém
vai saber.

22-76989         CDD: 869.3
                 CDU: 82-93(81)
```

Carol Dias

SÉRIE LOLAS & AGE 17 – PARTE 7

DEIXA

1ª Edição

2022